d

I

*Karl möchte unbedingt einen Hund,
bekommt aber einen Kasper*

Es war einmal ein kleiner Junge, der hieß Karl und wohnte in einem großen Wohnblock. Er spielte gerne mit anderen Kindern. Aber noch lieber hätte er jeden Tag mit einem kleinen Hund gespielt. Er wäre mit ihm herumgerannt, er hätte ihn gut erzogen, und der kleine Hund wäre sein bester Freund geworden.

Immer zu Weihnachten und zum Geburtstag wünschte sich Karl einen kleinen Hund. Und jedes Mal war er bitter enttäuscht, dass er keinen bekam. Die Wohnung sei zu klein für einen Hund, sagten die Eltern, und Karl könne sich noch gar nicht selbst um ein Haustier kümmern. »Doch, das kann ich!«, rief Karl. Aber die Eltern glaubten ihm nicht.

Eines Tages schenkte ihm sein Onkel eine Handpuppe. Es war ein Kasper mit einer roten Zipfelmütze und einem lustigen Gesicht. Karl schaute ihn an und sagte zu sich: Gut, dann ist das jetzt mein bester Freund, einen besten Freund muss jeder haben.

Karl steckte die Hand in das Kleid des Kaspers und bewegte mit den Fingern seinen Kopf und die Hände, da wurde der Kasper lebendig. Schon bald fand Karl heraus,

dass der Kasper sogar sprechen konnte. Er übte so lange, bis sie sich wirklich miteinander unterhielten, so wie es beste Freunde eben tun. Doch niemand durfte die beiden dabei belauschen. Wenn die Eltern oder ein anderes Kind etwas gemerkt hätten, wäre der Kasper verstummt, und zwar für immer. Das wusste Karl einfach. Und darum achtete er darauf, dass er die Tür zu seinem Zimmer abschloss, bevor er seine Handpuppe lebendig machte.

Mit dem Kasper redete er über alles. Wenn er traurig oder wütend war, tröstete ihn der Kasper oder gab ihm gute Ratschläge. Und wenn Karl von draußen Schritte hörte oder die Mutter nach ihm rief, legte er den Kasper rasch zur Seite und begann mit den Legosteinen oder der Eisenbahn zu spielen.

Schon bald konnte Karl sich nicht mehr vorstellen, ohne den Kasper zu sein. Manchmal vergaß er sogar für eine Weile seinen größten Wunsch. Er vergaß ihn auch, weil ihm etwas anderes zu schaffen machte. Dauernd verlor Karl Dinge, die ihm gehörten. Er ließ sie irgendwo liegen und fand sie nicht wieder. Die Dinge blieben einfach verschwunden, und meist nützte es gar nichts, wenn die Eltern ihm beim Suchen halfen. Auch der Kasper wusste in solchen Fällen nicht weiter.

Was alles war da in letzter Zeit verschwunden! Ein kleiner Plastiksaurier. Ein rotes Portemonnaie mit Glitzersteinen. Das blaue T-Shirt mit Donald Duck vorne drauf.

Karls linker Torhüterhandschuh. Und jetzt auch noch die neue Mütze mit dem Schirm, den man hochklappen konnte. Dabei hatte er die Mütze auf dem Spielplatz gar nie abgelegt. Dauernd hatte er mit der Hand an den Schirm gegriffen, um sicher zu sein, dass sie noch da war. Danach hatte er den ganzen Spielplatzrasen hinter dem Wohnblock abgesucht. Zwei Nachbarskinder, Jupp und Mirva, hatten ihm dabei geholfen, und es hatte nichts genützt.

»Ach, Karlchen«, sagte die Mutter zu ihm. »Das ist schon die vierte Mütze, die du verlierst. Pass doch bitte mal ein bisschen auf!«

Karl schaute an ihr vorbei und war nahe daran zu weinen. »Diese dummen Mützen verstecken sich einfach vor mir. Plötzlich sind sie verschwunden!«

»Vielleicht mögen die Mützen es nicht, dass du sie manchmal verkehrt herum aufsetzt«, sagte die Mutter halb im Spaß. Sie bestand nämlich darauf, dass Karl alles richtig trug, die Schuhe richtig band und die Mütze richtig aufsetzte.

»Quatsch!«, sagte Karl. »Die anderen tragen die Mützen auch verkehrt herum!« Und er dachte: Ich habe ja noch den Seifenblasenring, ich habe meine Modelleisenbahn, ich habe das große Wimmelbuch und den Farbstiftkasten. Und ich habe den Kasper. Die bleiben bestimmt bei mir.

Beim Abendessen erfuhr auch der Vater, was geschehen war. Karl mochte kaum etwas essen, und seine Tränen tropften auf die Kartoffelpuffer.

»Ihr habt zu wenig gründlich gesucht«, sagte der Vater. »Wir gehen jetzt noch einmal hinaus.«

Es war schon dämmrig, darum nahm der Vater eine Taschenlampe mit und dazu einen Stock, mit dem er am Rand des Spielplatzes im hohen Gras herumstocherte. Karl blieb nahe beim Vater und tat so, als suche er fleißig mit. Aber er war sicher, dass die Mütze verschwunden bleiben würde, genauso wie all die anderen Dinge. Und so war es auch.

Als er schon im Bett lag, setzte sich der Vater zu ihm und sagte: »Karl, du machst mir Sorgen. Du bist so vergesslich, dass du eines Tages noch deinen eigenen Kopf verlierst.«

»Den kann man gar nicht verlieren«, murmelte Karl.

»Das ist nur so eine Redensart«, sagte der Vater. »Aber versprich mir jetzt, dass du mehr auf deine Sachen achtest. Und dann halte dich daran.«

Karl versprach es, er versprach es auch der Mutter, als sie sich dazusetzte. Dabei wusste er, dass kein Versprechen bisher genützt hatte.

Als er endlich allein war, nahm er den Kasper aus der Schachtel, in die eigentlich der Legokran gehörte. Er schlüpfte mit der Hand ins Kasperkleid und machte ihn lebendig. Es war immer noch ein wenig Licht im Zimmer, gerade so viel, dass er den Kasper eben noch sah.

»Was soll ich bloß tun?«, flüsterte Karl. »Beinahe jeden Tag verliere ich irgendwas. Und es bleibt einfach verschwunden.«

»Du musst eben besser auf deine Sachen aufpassen«, sagte der Kasper.

»Das sagen alle«, antwortete Karl. »Und es nützt mir gar nichts.«

Der Kasper schwieg.

»Weißt du denn nicht, wo die Mütze jetzt ist?«, fragte Karl.

»Nein«, erwiderte der Kasper. »Woher sollte ich das wissen? Du hörst ja sowieso nicht auf mich.«

Karl überlegte eine Weile und wurde plötzlich ganz aufgeregt. »Gibt es vielleicht einen Ort, wo all die verschwundenen Sachen hinkommen?«

»Ja, den gibt es«, sagte der Kasper. »Das ist das Fundbüro.«

»Da war ich schon mit Mama«, sagte Karl. »Aber dort sind nur Dinge, die andere Leute finden und hinbringen. Unheimlich viele Schirme gibt's dort. Und Taschen, kleine und große. Und Sonnenbrillen und Brillenetuis. Aber meine Sachen haben die nie. Könnte es nicht sein, dass sie irgendwie wegspazieren und sich irgendwo versammeln, an einem geheimen Ort? Nicht nur meine Sachen, auch die von anderen.«

Der Kasper hielt den Kopf schief. »Und was tun deine Sachen an diesem geheimen Ort?«

»Keine Ahnung. Ich weiß ja auch nicht, weshalb sie von mir wegwollen.«

»Weil du zu wenig auf sie achtest.«

»Ich gebe mir doch solche Mühe! Und wenn ich den geheimen Ort finden würde? Von dort könnte ich alles zurückholen, was mir gehört, oder nicht?«

Der Kasper begann zu summen und schloss dazu die Augen. Er stieg mit der Stimme hinauf und hinunter. Eine kleine Melodie entstand daraus. Das Summen dauerte lange.

Es war draußen schon richtig dunkel, als der Kasper sagte: »Vielleicht … vielleicht gibt es den geheimen Ort. Ich habe etwas gesehen. Aber ich weiß nicht genau, was und wo. Es ist wie ein Traum.«

»Vielleicht findest du den geheimen Ort im Traum«, sagte Karl.

»Das versuche ich ja«, sagte der Kasper so langsam, als schlafe er gleich ein.

»Und führst du mich dorthin, sobald du es weißt?«, fragte Karl. Vorsichtig zog er die Hand aus dem Kasperkleid.

»Vielleicht … vielleicht …«, murmelte der Kasper gerade noch und legte sich dann stumm auf die Seite.

Er soll in seiner Schachtel schlafen und träumen, dachte Karl. Dann zeigt mir der Kasper bald den Weg zum geheimen Ort mit all den verschwundenen Dingen.

2

Karl nimmt den Kasper mit in die Schule und läuft vor seinen Freunden davon

Als Karl am nächsten Morgen aufwachte, dachte er gleich wieder an den geheimen Ort.

Noch vor dem Frühstück machte er den Kasper lebendig. »Weißt du es jetzt?«, fragte er ungeduldig. »Hast du es geträumt? Kannst du mich hinführen? Dann finde ich meine Mützen wieder. Und den Torhüterhandschuh. Und das rote Portemonnaie.«

»Ja …«, sagte der Kasper verschlafen. »Ich habe geträumt … von einem Park …«

»Vom Stadtpark?«, fragte Karl und wurde ganz zapplig vor Aufregung.

»Der Stadtpark … Möglich … Dort fängt der Weg an … der Weg zum geheimen Ort …«

Die Stimme vom Kasper blieb fast nur auf einem Ton, er zog jedes Wort in die Länge. Das klang merkwürdig, beinahe wie eine Zauberformel, und einem anderen Kind hätte das vielleicht Angst gemacht. Nicht aber Karl. »Wir gehen noch heute in den Stadtpark«, sagte er. »Und dann finden wir zusammen den Weg.«

»Aber man findet den Weg nur nachts … bei Vollmond«,

sagte der Kasper im gleichen Tonfall. »Und es ist gefährlich am geheimen Ort.«

Das machte Karl nun doch ein wenig Angst. Er gab es aber nicht zu. »Ist mir egal«, sagte er zum Kasper. »Wir gehen hin. An irgendwas von deinem Traum wirst du dich bestimmt erinnern.«

Der Kasper schüttelte sich leicht, als wache er erst jetzt richtig auf, und fuhr mit seiner vertrauten Stimme fort: »Du darfst nicht allein in den Stadtpark. Der ist zu weit weg von zu Hause, das weißt du genau.«

»Ich brauche dir nicht zu gehorchen«, sagte Karl. »Aber du musst tun, was ich dir sage. So ist es nun mal.«

Der Kasper wollte antworten, aber Karl hatte schon die Hand aus ihm herausgezogen.

Nach dem Frühstück ging er wie jeden Tag zusammen mit Jupp und Mirva vom Block zu Fuß zur Schule. Zuunterst in der Schultasche hatte Karl den Kasper versteckt. Es war nur ein kurzer und ungefährlicher Weg, darum durften die Kinder ihn allein gehen. Etwa in der Hälfte der Strecke bog ein Fußgängersträßchen zum Stadtpark ab. Karls Plan war, sich mittags auf dem Heimweg von Jupp und Mirva abzusetzen und zum Stadtpark zu laufen. Wenn er zu spät nach Hause käme, würde ihm bestimmt eine gute Ausrede einfallen. Und wenn er den Weg zum geheimen Ort entdeckte, dann würde er alle seine verlorenen Sachen wiederfinden, und die Mutter würde ihm die Verspätung gerne verzeihen.

Der Schulmorgen bei Frau Amrain in der ersten Klasse wollte und wollte nicht enden. Karl war sehr zerstreut, er hatte einen Farbstift in der Hand, malte aber gar nicht damit. Die ganze Zeit achtete er darauf, dass niemand seine Tasche anfasste.

»Was fehlt dir denn?«, fragte Frau Amrain Karl, als er auf eine Frage von ihr keine Antwort gab.

»Nichts«, sagte Karl.

Die Lehrerin berührte rasch seine Stirn. »Du hast ja einen fiebrigen Kopf.« Ihr Blick fiel auf seine Farbschachtel. »Da fehlen ein paar Stifte. Hast du sie etwa verloren oder verlegt?«

Karl schüttelte trotzig den Kopf.

»Ich muss gleich nach Hause«, sagte er am Mittag zu Jupp und Mirva und rannte vor ihnen davon, als sei er auf der

Flucht. Im Stadtpark war er mit den Eltern schon einige Male gewesen. Sie hatten dort am Sonntag gegrillt, und Karl hatte über den kleinen Teich ein Segelboot schwimmen lassen. Er trat durchs große eiserne Tor, das nachts immer geschlossen war. Im Schatten der Bäume picknickten ein paar Familien. Kleine Kinder bespritzten einander am Teich mit Wasser. Irgendwo auf dem Rasen spielten größere Jungen Fußball.

Karl suchte sich einen Platz weit weg von ihnen. Er nahm den Kasper aus der Schultasche und machte ihn lebendig.

»Wir sind hier«, sagte er halblaut. »Im Stadtpark. Wohin müssen wir jetzt?«

»Du hörst mir nicht richtig zu«, sagte der Kasper. »Den Weg findet man nur nachts, bei Vollmond. Ist das so schwer zu verstehen?«

»Aber wo ist der Anfang? Wenigstens das kannst du mir doch sagen?«

»Du bist viel zu ungeduldig. Und überhaupt nicht nett zu mir!«

In diesem Moment hörte Karl hinter sich seinen Namen. Er drehte sich um, den Kasper in der Hand, und sah, dass Jupp und Mirva über den Rasen auf ihn zuliefen.

»Wir verfolgen dich!«, rief Mirva und winkte Karl fröhlich zu. »Du hast uns nicht abschütteln können!«

»Was hast du da in der Hand?«, fragte Jupp. »Das ist doch ein Kasper. Zeig her!«

»Nein! Das geht euch nichts an!« Karl lief vor Jupp und Mirva davon, weiter in den Park hinein. Niemand durfte erfahren, wer der Kasper war und dass er sprechen konnte, sonst würde er nie mehr mit Karl reden.

»Sei doch nicht so doof«, hörte er Mirva rufen. »Wir wollen doch bloß mit dir und dem Kasper spielen.«

Nein! Mit dem Kasper durfte niemand spielen außer Karl! Und darum war es am besten, den Kasper irgendwo zu verstecken und so zu tun, als gebe es ihn gar nicht. Und sobald er Jupp und Mirva losgeworden wäre, würde er den Kasper wieder holen und mit ihm schleunigst nach Hause gehen.

Zu der langen Hecke ganz hinten im Park rannte Karl jetzt, dorthin, wo die Blätter so dicht wuchsen, dass es fast kein Durchkommen gab.

Kaum war er dort, schob er den Kasper unter die Büsche, dann drehte er sich um und ging seinen beiden Verfolgern entgegen.

Sie blieben vor Karl stehen und keuchten.

»Wo hast du jetzt den Kasper?«, fragte Jupp.

Karl zuckte mit den Achseln. »Ich hatte gar keinen. Ihr habt euch den Kasper bloß eingebildet.«

»Gar nicht wahr!«, gab Mirva zurück. »Du hast ihn einfach versteckt. Du willst ihn uns nicht zeigen.«

»Weißt du, was du bist?«, fragte Jupp. »Du bist ein richtiger EGOIST!«

Das Wort hatte Karl schon gehört, es bedeutete etwas Schlimmes.

»Haut jetzt ab, ihr Kletten«, fuhr er die beiden an. »Ich habe euch gar nicht gerufen.«

»Egoist, Egoist!«, riefen Jupp und Mirva. Aber als Karl mit geballten Fäusten auf sie zutrat, machten sie kehrt und liefen lachend davon.

3

*Auch der Kasper verschwindet,
und selbst der Parkwächter findet ihn nicht*

Karl ging zur Hecke zurück und merkte, dass er gar nicht mehr wusste, wo er den Kasper versteckt hatte. Ganz links oder doch eher in der Mitte? Bestimmt würde er ihn gleich finden.

Karl kroch unter einen Busch, der ihm irgendwie bekannt vorkam. Es roch ein wenig nach Moder. Aber der Kasper war nicht hier. Also hinaus und zwei Meter daneben wieder ins Gestrüpp hinein. Nichts! Jetzt war Karl doch besorgt. Wieder hinein und hinaus. Täuschte er sich? Hatte er den Kasper viel weiter rechts hingelegt?

»Wo bist du, Kasper, sag doch, wo du bist!«, sagte Karl so leise, dass es außer ihm und dem Kasper niemand hören konnte.

Allmählich zitterten Karls Knie. Er hätte das Versteck mit einem Stein oder einem Ast markieren sollen! Aber es ging alles so schnell, und er hatte so wenig Zeit zum Überlegen!

»Was suchst du da?«, sagte plötzlich eine Männerstimme hinter ihm. Karl erschrak und kroch rückwärts ins Freie. Er drehte sich um und sah, dass der Parkwächter vor ihm stand. Man erkannte ihn an seiner blau-weißen Mütze. Auf dem Schirm war mit roten Buchstaben STADTPARK eingestickt. Das konnte Karl schon lesen.

»Ich suche ... ich suche ...«, stotterte Karl.

Der Mann hatte ein freundliches Gesicht mit buschigen Augenbrauen.

»Ja, was denn?«, fragte er.

Karl konnte ihm nicht die Wahrheit sagen. Was hätte der Mann von einem Jungen gedacht, der seinen Kasper im Gebüsch versteckt?

»Es ist mein Ball«, sagte Karl schließlich. »Ich suche nach meinem Ball. Er ist einfach weg.«

Der Mann zog die Augenbrauen zusammen. »Groß oder klein?«

»Eher klein.« Karl zeigte mit den Händen die Größe eines Tennisballs an.

»Die Farbe?«

»Hell. Ein bisschen grau.«

»Tja. So ein Ding kann überall hinrollen. Und zwischen all den Zweigen, den Steinen, dem Gras und so fort sieht man es nur schwer.«

Der Mann bog dort, wo er stand, ein paar Zweige auseinander und schaute auf den Boden. »Du denkst, der Ball sei ungefähr hier?«

»Ja.« Karl wusste gar nicht, ob er sich wünschte, dass der Mann den Kasper fand oder doch lieber nicht. »Hier hab ich schon gesucht.«

»Und du kommst ja tiefer ins Unterholz hinein als ich

mit meinen neunzig Kilo«, sagte der Mann. »Aber ich helfe dir trotzdem ein wenig.«

Karl wagte nicht abzulehnen. Und so suchten sie beide ein paar Minuten nach einem Ball, den es gar nicht gab.

Karl tat aber nur so. Er schaute gar nicht mehr richtig hin. Der Parkwächter schnaufte vor Anstrengung. Immer wieder drückte er Äste zur Seite, schimpfte über widerspenstige Sträucher und kniete nieder. Doch alles war umsonst. Sie fanden weggeworfenes Bonbonpapier, ein paar Zigarettenstummel, sogar eine schwarz angelaufene Münze, sonst nichts.

Der Parkwächter kratzte sich am Ohr. »Nicht auszuschließen, dass jemand ihn einfach mitgenommen hat.«

»Nein!« Karl dachte an den Kasper und nicht an den Ball. »Das darf man nicht. Das ist gestohlen!«

»Streng genommen, ja. Aber so ein Ball ist ja nicht besonders kostbar. Den lässt man unter Umständen gerne mitlaufen.«

»Nein!«, rief Karl. »Ich muss ihn wiederhaben!«

Der Parkwächter legte eine Hand auf Karls Schulter. »Du nimmst dir das sehr zu Herzen, wie? Deine Eltern kaufen dir sicher einen neuen Ball. Geh jetzt nach Hause. Und vergiss deine Tasche nicht. Die ist dort drüben. Siehst du sie?«

Karl holte rasch die Tasche. Wenigstens die hatte er nicht verloren. Der Parkwächter nahm ihn an der Hand und führte ihn aus dem Park hinaus. Bis zur Ampel begleitete er ihn.

Karl ging bei Grün über die Kreuzung und winkte dem Parkwächter von der anderen Straßenseite aus zu. Er war ja wirklich nett. Aber das änderte nichts daran, dass Karl ohne den Kasper nach Hause musste. Und das war das Schlimmste, was ihm passieren konnte.

An drei Wochentagen arbeitete die Mutter morgens in einem Kleidergeschäft. Aber schon seit einer halben Stunde war sie jetzt daheim und hatte auf Karl gewartet.
»Wo warst du denn?«, fragte sie. »Du hast ganz zerkratzte Arme. Wie kommt das?«
Karl presste die Lippen zusammen und schwieg.
»Das müssen wir gleich desinfizieren«, sagte die Mutter. »Hast du dich gestritten?«
Zuerst wollte Karl alles für sich behalten. Aber er merkte, dass es nicht ging. »Der Kasper«, brachte er heraus, nur dieses Wort: »Der Kasper! Der Kasper!«
»Hast du ihn etwa verloren?«, fragte die Mutter.
Karl nickte. Die Mutter war zuerst ziemlich zornig und schimpfte mit ihm. Aber als er zu weinen begann, umarmte sie ihn und nannte ihn Karlchen wie früher. Sie wollte alles genau wissen. Ihr die ganze Wahrheit zu erzählen ging aber nicht, er hätte ja sein Geheimnis verraten müssen. Darum flunkerte Karl ihr vor, er sei bloß zum Spaß in den Stadtpark gegangen und habe mit dem Kasper Verstecken gespielt. Er habe ihn im Gebüsch versteckt, dann habe er ihn gesucht, und der Kasper sei verschwunden gewesen, einfach weg und verschwunden!
»In den Stadtpark sollst du nicht allein gehen!«, sagte die Mutter. »Das haben wir dir oft genug gesagt. Und jetzt ist

der Kasper weg. Genauso wie deine schönen Mützen. Weißt du eigentlich, wie viel das alles gekostet hat?«

Sie pinselte Jod auf Karls Kratzer. Es brannte, aber es tat ihm viel weniger weh, als zu wissen, dass er den Kasper nicht mehr hatte. Ein großes Salamibrot bekam Karl noch, einen Apfel und zwei Gläser Sirup. Und doch war er so niedergeschlagen, dass er den ganzen Nachmittag nur herumsaß.

Auch der Vater verstand nicht, wie Karl ausgerechnet den Kasper verlieren konnte. »Unglaublich!«, rief er. »Jetzt auch noch das!« Er war sogar dafür, dass Karl zur Strafe früher ins Bett müsse, dann könne er ausgiebig über seine dumme

Vergesslichkeit nachdenken. Die Mutter fand aber, Karl sei schon genug gestraft, der Vater solle ihm lieber bei der Suche helfen.

»Na gut«, sagte der Vater. »Machen wir einen letzten Versuch!«

Noch bevor es dunkel wurde, ging er mit Karl in den Stadtpark, der im Sommer bis neun Uhr offen war. Er hatte wieder einen Stock dabei, und mit ihm stocherte er in der Hecke herum. Er fand einen zerdrückten Pingpongball und ein Teelöffelchen, sonst nichts. Und danach musste der Vater Karl trösten, und auf dem Heimweg trug er ihn das letzte Stück sogar auf den Armen, als wäre aus Karl wieder Karlchen geworden.

4

Karl ist untröstlich, und dann gibt es eine große Überraschung

So müde er war, einschlafen konnte Karl lange nicht. Draußen auf der Straße wurden Autotüren zugeknallt, Leute schwatzten laut miteinander. Scheinwerferlicht drang durch die Rolloritzen und tanzte über Karls Bett. Die ganze Zeit fragte er sich, wo der Kasper sein könnte und ob er wohlauf sei. Er sah das lustige Kaspergesicht vor sich, den Haarschopf unter der Zipfelmütze. Er bewegte die Finger, als ob der Kasper bei ihm wäre und seine Hand in ihm drin.

Als Karl endlich einschlief, träumte er von schrecklichen Dingen. Der Parkwächter war ein Riese geworden. Er warf Karl in die Luft und lachte dazu. Aber Karl war jetzt selbst der Kasper und konnte seine hölzernen Hände nicht bewegen. Er lag auf einem Haufen Müll. Schnecken mit langen Fühlern krochen auf ihn zu. Karl schrie auf, er wollte wegrennen und konnte es nicht, und als er verwirrt um sich blickte, saß die Mutter neben ihm auf dem Bett und streichelte seine Wangen.

Da fiel Karl alles wieder ein. »Der Kasper ist weg«, sagte er zur Mutter. »Er ist weg für immer und ewig!« Tränen liefen ihm übers Gesicht.

»Du musst eben besser auf deine Sachen aufpassen«, sagte die Mutter. »Und wenn du uns versprichst, dass du das wirklich tust, bekommst du einen neuen Kasper, genau so einen wie der erste. Onkel Lutz kann uns ja sagen, wo er ihn gekauft hat.«

Karl schüttelte den Kopf. »Ich will meinen Kasper zurück. Meinen Kasper! Den und keinen anderen!«

»Aber wenn er doch weg ist«, sagte die Mutter.

»Ich will trotzdem keinen anderen!«

Von diesem Tag an war Karl mit seinen Gedanken ständig beim verschwundenen Kasper, und in seinem Kopf war es neblig wie an einem Novembertag. In der Schule sagte er kaum ein Wort. Zu Hause saß er bloß in seinem Zimmer und starrte vor sich hin. Und wenn Jupp und Mirva ihn zum Spielen draußen abholen wollten, ging er nicht mit. Am schlimmsten aber war, dass er jetzt noch mehr vergaß und verlegte als vorher. Einmal kam er mit einem einzigen Turnschuh heim. Er hatte gar nicht gemerkt, dass er am linken Fuß nur die Socke trug. Die war vom Weg staubig geworden und hatte ein großes Loch an der Ferse. Ein anderes Mal ließ er sogar seine Trainingsjacke liegen.

Die Eltern erkundigten sich überall nach dem Kasper. Nicht nur beim städtischen Fundbüro, sondern auch bei Müttern, die regelmäßig mit ihren Kindern in den Stadtpark kamen, und bei Hundehaltern, die im Park spazieren gingen. Jedes Mal bekamen sie die gleiche Antwort: Tut uns leid, wir haben nichts gesehen und nichts gefunden.

Am Samstagmorgen fuhr der Vater mit geheimnisvoller Miene im Auto weg. Die Mutter wollte um keinen Preis verraten, was er vorhatte. Erst gegen Mittag war er zurück. Er trug einen großen Korb und stellte ihn im Flur ab.

»Karl!«, rief er. »Schau dir an, was ich mitgebracht habe!«

Karl kam aus seinem Zimmer. Als er sah, was im Korb lag, verschlug es ihm beinahe den Atem. Es war ein kleiner Hund, der leise winselte und sich nicht traute herauszukommen. Er hatte Hängeohren und ein Fell in der Farbe von Milchkaffee. Es gab auch hellere und sogar weiße Stellen darin, und über der Nase hatte er einen schwarzen Fleck.

Karl kauerte vor dem Korb nieder und schaute den kleinen Hund an. »Ist der… Habt ihr…«

Er war so überrascht, dass er keinen ganzen Satz herausbrachte.

»Nun ja«, sagte die Mutter. »Wir haben uns gedacht, ein Hund tut dir gut. Der ist lebendig. Er wird dir helfen, endlich deinen Kasper zu vergessen.«

»Ihr habt doch gesagt, es geht nicht.«

»Jetzt eben doch«, sagte die Mutter.

Karl streckte die Hand aus und berührte den kleinen Hund vorsichtig zwischen den Ohren. »Der ist ja niedlich.«

»Und er kommt von selbst zurück, wenn du ihn irgendwo vergisst«, sagte der Vater und lächelte. »Das ist ein Riesenvorteil. Aber du musst die Verantwortung für ihn übernehmen, ja?«

Karl nickte heftig. Und während er den kleinen Hund streichelte, versprach er den Eltern alles, was sie aufzählten. Ja, er würde den Hund pünktlich füttern! Er würde mit ihm ins Freie gehen, auch bei Wind und Regen! Er würde ihn dort, wo es vorgeschrieben wäre, an der Leine führen! Er würde den Hundekot in einer umgestülpten Plastiktüte aufsammeln! Es würde ihn nicht ekeln, ganz sicher nicht!

Karl hätte noch mehr versprochen, rundweg alles. Inzwischen war der kleine Hund doch aus dem Korb geklettert. Er schaute Karl aus großen schwarzen Augen an, er gab leise freundliche Laute von sich und wedelte mit dem Schwanz.

»Ich habe ihn im Tierheim ausgewählt«, sagte der Vater. »Man hat ihn irgendwo gefunden. Er ist ein Mischling, in ihm steckt aber viel von einem Border Terrier. Das waren

ursprünglich Jagdhunde aus Schottland, sie haben Füchse gejagt und Hühnerställe gegen Marder verteidigt. Er ist etwa vier Monate alt, er wiegt zweieinhalb Kilo, er ist geimpft und entwurmt. Er hat auch schon eine Hundemarke und ein Halsband, siehst du? Alles in bester Ordnung. Jetzt braucht er einfach eine gute Erziehung.«

Der Hund schmiegte sich an Karls Oberschenkel und schnüffelte an seinen Händen. Karl streichelte ihn. Er spürte, wie warm der kleine Körper war. Das rauhe Fell kitzelte ihn ein wenig.

»Wie heißt er denn?«, fragte er und dachte: Ist es wahr? Habe ich jetzt einen kleinen Hund?

»Er hat noch keinen Namen«, sagte der Vater. »Du kannst ihm einen geben.«

»Bello wäre schön«, schlug die Mutter vor. »Oder Amadeo.«

»Nein, er heißt Timo«, sagte Karl, ohne lange zu überlegen. Der Klang gefiel ihm.

»Hallo, Timo«, redete er den Hund an.

Der stellte die Ohren auf und bellte kurz. Damit war alles klar. Wer konnte schon dagegen sein, wenn Timo selbst der Name gefiel?

»Ich habe ein paar Dosen Hundefutter gekauft«, sagte der Vater. »Einen Gummiknochen, einen Napf, eine Leine. Alles, was man so braucht.«

»Und wenn die Sommerferien vorbei sind«, sagte die Mutter, »ist er hoffentlich so gut erzogen, dass ich ihn am Morgen mit zur Arbeit nehmen kann.«

»Danke«, sagte Karl. »Danke tausend Mal!« Er küsste den Vater auf beide Wangen, und dann umarmte er die Mutter. Und es passte, dass Timo dazu aufgeregt bellte.

Leider durfte Timo nicht bei Karl schlafen. Das wolle sie nicht, sagte die Mutter. Dann schlüpfe der Hund zu Karl ins Bett, und das sei total UNHYGIENISCH. Timo müsse sich daran gewöhnen, draußen im Flur zu schlafen, und zwar im bequemen Hundekorb, das gehöre zur Hundeerziehung.

In der ersten Nacht blieb die Mutter lange im Flur und sprach beruhigend auf Timo ein, der immer wieder zu winseln begann. Karl lag im Bett und malte sich aus, was er alles mit seinem Hund unternehmen würde. Aber es war merkwürdig: Er musste trotzdem immer wieder an den Kasper denken. Je länger Karl wach lag, desto klarer wurde ihm, dass er beides wollte. Er wollte Timo behalten und den Kasper zurückbekommen. Warum sollte das nicht möglich sein?

Hunde haben doch eine unglaublich feine Nase!, dachte Karl plötzlich. Sie nehmen die Witterung auf und folgen einer Spur. Würde Timo nicht auch den Kasper finden? Er würde an der Kranschachtel riechen, die Spur aufnehmen und Karl zu Kaspers Versteck führen, zum Ort der verschwundenen Dinge! Und dort würde Karl alles wiederfinden. Den Torhüterhandschuh! Das T-Shirt mit Donald Duck vorne drauf! Die vier Mützen! Das rote Portemonnaie! Er käme mit all dem nach Hause zurück. Er hätte seinen Kasper wieder und Timo noch dazu. Was für ein Glück wäre das!

5

Karl hat einen Plan, und zu zweit gehen sie mitten in der Nacht von zu Hause weg

Die ersten Tage mit Timo waren ziemlich schwierig. Er winselte in der Nacht, er pinkelte auf den Boden. Karl musste ihn ERZIEHEN, und er war froh, dass die Eltern ihn manchmal ablösten, wenn es Zeit war, mit Timo in den Stadtpark zu gehen.

Jupp und Mirva waren neidisch, dass Karl nun einen kleinen Hund hatte. Tagsüber begleiteten sie ihn auf seinen Spaziergängen. Er war großzügig und ließ sie Timo manchmal an der Leine führen. Sobald es dunkel war, durfte Karl aber nicht mehr in den Stadtpark. Dann musste Timo eben das Hundeklo benützen, und Karl hatte die Aufgabe, hinterher das Kistchen zu leeren und frisch einzustreuen.

Obwohl er mit dem Hund so viel zu tun hatte, hörte Karl nicht auf, an den Kasper zu denken. Einen Kasper muss man nicht erziehen, sagte er sich. Ein Kasper winselt nicht. Für einen Kasper braucht man keinen Kackbeutel. Mit Timo war es schön, aber anstrengend, mit dem Kasper war es gemütlich und vertraut. Timo musste ihn unbedingt finden, bis spätestens in einer Woche! Dann würden sie für die Sommerferien an den Bodensee fahren, und gerade in den Ferien gehörten sie doch alle zusammen, die Eltern, Timo, der Kasper und Karl.

Als Karl am nächsten Nachmittag den Hund ausführte, sagte er zu Jupp und Mirva, er wolle nicht, dass sie mitkämen.

»Warum nicht?«, fragte Mirva enttäuscht.

»Weil ich manchmal mit Timo allein sein muss«, sagte Karl. »Das gehört zur richtigen Erziehung.«

Im Stadtpark fing er mit dem Suchtraining an. Er steckte einen Keks in einen Plastikbeutel und ließ Timo daran schnuppern. Dann band er den Hund mit der Leine an einem Baum fest. Er schleifte den Beutel übers Gras und ließ ihn, fünfzig Schritte entfernt, im Gras liegen. Er ging zum Hund zurück und band ihn los.

»Such!«, forderte er Timo auf. »Such!«

Und Timo folgte der Spur, mit der Nase dicht über dem Boden.

Das war nicht schwer. Schwerer wurde es, als Karl den Beutel unter einem der Büsche versteckte. Noch schwerer, als er ihn vergrub und Timo ihn hervorscharren musste.

»Brav!«, lobte Karl und hatte schon fast den ganzen Keksvorrat in seiner Hosentasche aufgebraucht.

Ab und zu blickte Karl sich um. Hatten Jupp und Mirva sich wohl irgendwo versteckt, um ihn zu beobachten? Das durften sie nicht, er wollte, dass sein Plan geheim blieb. Aber Jupp und Mirva hielten sich an Karls Anweisung. Vielleicht fürchteten sie, dass sie sonst nicht mehr mit Timo spielen durften.

Beim zweiten Suchtraining wurde Karl vom Parkwächter überrascht.

»Aha«, sagte er, »du dressierst deinen Hund, wie ich sehe. Lernt er schnell?«

»Sehr schnell«, sagte Karl und wurde rot vor Verlegenheit.

»Das Dumme ist nur, dass Hunde im Park angeleint bleiben müssen«, fuhr der Wächter fort und zwinkerte Karl zu. »Aber ich kann dir ja helfen.«

Das tat er, indem er den Beutel an ungewöhnlichen Orten versteckte. In einem leeren Abfallkorb. In der Hexenhütte für die Kleinen.

Karl hielt währenddessen Timo an der Leine und schloss die Augen. Wenn der Wächter von weitem rief: »Ist gut!«, sagte Karl »Such!« und ließ sich von Timo schnurstracks zum Versteck führen. Timo verfehlte es nie!

»Guter Hund!«, lobte der Wächter und streichelte ihm den Rücken.

Ob es aber auch mit dem Kasper klappen würde?

Fürs Wochenende war schönes Wetter angekündigt. In der Nacht vom Freitag auf den Samstag würde der Mond voll sein, hatte der Vater gesagt, und vom Kasper wusste Karl, dass man den geheimen Ort nur bei Vollmond fand. Das war der richtige Zeitpunkt für seinen Plan.

Am Freitagnachmittag waren die Eltern bei einer Nachbarin auf dem Balkon eingeladen, und Karl hatte gesagt, er wolle mit Timo Apportieren üben. In Wirklichkeit packte er heimlich seinen Rucksack. Er steckte einen Apfel hinein, ein Stück Brot, eine Wurst, eine Plastikflasche mit Himbeersirup und natürlich eine Menge Hundekekse. Ins Außenfach kamen Taschenlampe und Taschenmesser. Zwei Heftpflaster legte Karl dazu, man wusste ja nie. Und noch eine Schnur. Ganz zuoberst einen zusammengerollten Pullover. Der konnte auch als Sitz- oder Kopfkissen dienen.

Die Eltern kamen früher von der Einladung zurück, als sie gesagt hatten, und überraschten Karl beim Packen.

»Was hast du vor?«, fragte ihn die Mutter. »Willst du verreisen?«

»Ich spiele bloß ein bisschen EXPEDITION«, sagte Karl verlegen. Das Wort hatte er kürzlich gelernt. Es versprach Abenteuer und Anstrengungen, meistens in Afrika oder im Packeis.

Die Mutter lachte. »Ach so.«

Den Rucksack versteckte Karl unter seinem Bett. Timo wollte ihn mit den Zähnen sogleich wieder hervorziehen. Aber Karl verbot es ihm mit einem strengen »Nein!«.

Um halb zehn wurde Karl ins Bett geschickt. Er hörte die Stimmen der Eltern, auch das Herumtappen von Timo, der sich schon bald in seinen Korb legen würde. Jetzt musste Karl bis Mitternacht warten. In der Wohnung wurde es still, und Karl zwang sich, wach zu bleiben. Er zählte immer bis hundert und fing wieder von vorne an.

Dann wurde es zwischen den Rolloritzen hell, als wäre draußen schon Tag. Der Vollmond war aufgegangen!

Vorsichtig zog Karl das blaue T-Shirt an, die Sommerhosen, dünne Socken, die Turnschuhe. Dann schulterte er den Rucksack. Das Wichtigste war die Kranschachtel. Die roch nach dem Kasper, die durfte er nicht vergessen! Karl hob sie vom Boden hoch und ging auf den Zehenspitzen hinaus in den Flur.

Timo bewegte sich im Korb und fiepte wie im Traum. Als Karl ihn zwischen den Ohren kraulte, erwachte er sekundenschnell. Ein einziger Kläffer entwischte ihm, ehe Karl ihm die Schnauze zuhielt und ihm ins Ohr flüsterte: »Ganz leise jetzt, Timo, ganz leise!«

Das schien Timo zu verstehen. Er hechelte bloß noch, er

hüpfte aus dem Korb und drängte sich an Karls Beine. Zum Glück waren die Eltern nicht wach geworden.

Die Hundeleine hing an der Wand. Karl legte sie in die Kranschachtel. Aus der Wohnung zu kommen war einfach, der Schlüssel steckte ja im Schloss. Aber der Weg durch die Eingangshalle des Blocks schien viel länger zu sein als am Tag, und als Karl auf den Türöffner für die Haustür drückte, war das Summen so laut, dass er fürchtete, es wecke den ganzen Block auf. Nichts geschah. Die Tür ging auf. Karl und Timo schlichen sich ins Freie, und niemand hatte es gemerkt.

Um das Haus war alles totenstill. Die Autos am Straßenrand sahen aus wie schlafende Tiere. Auf ihrer Lackhaut spiegelte sich das Licht der Straßenlampen. Der Weg zum Stadtpark, den Karl doch kannte, war so fremd und anders, dass er ihn fast nicht fand.

Dann der Schock. Das große Parktor war verschlossen! Aber Timo musste doch unter den Büschen die Witterung vom Kasper aufnehmen und der Spur folgen, und wenn das nicht ging, hatte alles gar keinen Sinn.

Konnte man über das Tor klettern? Es war zu hoch, die Gitterstäbe waren zu spitz. Und der Zaun, der rings um den Park lief? Auch das sah unmöglich aus, obwohl die Pfosten weniger spitz waren als beim Tor. Und wie sollte ein kleiner Hund da hinübergelangen? Man konnte ihn doch nicht über den Zaun werfen!

Karl starrte auf das verschlossene Tor. Timo hatte sich neben ihn hingesetzt und schlug mit dem Schwanz auf den Boden.

6

*Timo findet eine Spur,
und ein Garnknäuel hilft Karl weiter*

Da hörte Karl eine Stimme hinter sich: »Na, wie ist es denn, willst du rein?«

Kaum zu glauben, es war der Parkwächter! Weder Karl noch Timo hatten ihn kommen hören. Erst jetzt bellte Timo ihn an, beruhigte sich aber, als er merkte, wer es war.

»Sind Sie um diese Zeit noch im Dienst?«, fragte Karl unsicher.

Der Parkwächter lachte. »Nicht immer. Nur bei besonderen Gelegenheiten. Zum Beispiel, wenn ich jemandem wie dir helfen kann.«

»Haben Sie denn gewusst, dass … dass …«

»Dass du mit deinem Hund unterwegs bist und die richtige Spur suchst? Ich habe es geahnt. Ein guter Parkwächter ahnt vieles. Übrigens, du kannst Runhardt zu mir sagen, das ist mein Vorname.«

Karl war so verblüfft, dass er stumm blieb. Runhardt, was für ein merkwürdiger Name! Er schaute zu, wie Runhardt das Parktor wie durch Zauberhand öffnete und ihm dann mit einer kleinen Verbeugung zu verstehen gab, er solle eintreten. Timo zerrte schon ungeduldig an der Leine. Er meinte

wohl, er und Karl seien mitten in der Nacht zum Spielen gekommen. Aber alles war anders als am Tag. Der Rasen wirkte ausgebleicht im Mondlicht, die Bäume sahen dunkel und drohend aus. Kleinlaut drängte Timo sich an Karls Beine.
»Ich lass dich jetzt«, sagte Runhardt, als Karl geradewegs auf die lange Hecke zuging.
»Aber ist das Tor wieder geschlossen, wenn wir zurückkehren?«, fragte Karl.
»Ich werde zur Stelle sein«, sagte Runhardt. »Egal, wann und wo. Und denk daran, Karl: Nachts findest du hier vieles, was man tagsüber nicht sieht. Und Hunde finden noch mehr, ihr Geruchssinn ist tausendmal besser als unserer.« Damit drehte Runhardt sich um und verschwand im Schatten der großen Bäume.
»Hier«, sagte Karl und ließ Timo das Innere der Kranschachtel beschnüffeln. »So riecht der Kasper.«
Bei der Hecke ließ er den Hund von der Leine. »Such!«, befahl er. »Such!«
Aufgeregt drehte Timo sich um sich selbst, lief in die eine, dann in die andere Richtung. Er kroch halb in die Hecke hinein und wieder heraus. Dasselbe tat er zehn Schritte weiter links und wieder zwanzig Schritte weiter rechts. Plötzlich winselte er. Er war fast ganz unter der Hecke verschwunden, und als Karl ihn rief, kam er nur widerwillig wieder hervor. Er stupste Karl am Bein und wollte ihm offensichtlich etwas zeigen. Die kleinen Stämme, die aus dem Boden wuchsen, standen so nahe beieinander, dass ein kleiner Hund gerade noch durchkam. Karl konnte nur den Arm hineinstecken.

Er betastete mit den Fingern die Erde, die Gräser, und plötzlich spürte er etwas Weiches. Er zog den Arm vorsichtig zurück. Im Mondlicht erkannte er den roten Bommel von Kaspers Zipfelmütze. Also hatte der Kasper genau hier gelegen!

»Brav!«, lobte Karl und gab Timo einen Keks aus dem Rucksack.

Aber warum hatte der Kasper den Bommel verloren? War er an Dornen hängengeblieben? Oder hatte ihn der Kasper als Zeichen für Karl zurückgelassen?

»Such!« Karl beugte sich zu Timo hinunter, der noch mehr Kekse wollte. »Such den Kasper, such! Wenn du ihn gefunden hast, kriegst du so viele Kekse, wie du magst.«

Timo stellte die Ohren auf, wie wenn er Karl verstanden hätte. Zuerst schnüffelte er hier und dort am Boden und scharrte ein bisschen. Zwischendurch hob er das Bein und pinkelte an einen Haselstrauch. Dann aber schien er die Spur gefunden zu haben. Er ging mit gesenktem Kopf quer über den Rasen zum kleinen Hügel, wo sonst drei große Pappeln standen. Jetzt war da ein ganzer Wald mit mächtigen Bäumen, einer neben dem anderen. Woher kam plötzlich dieser Wald?

Das interessierte Timo nicht, er folgte der Spur, und die führte auf einem schmalen Pfad in den Wald hinein.

Es war finsterer dort drin als auf dem Rasen. Nur stellenweise drang das Mondlicht durch das Blätterdach und malte Flecken und Kringel auf den Weg. Das welke Laub raschelte bei jedem Schritt.

Die Nase dicht über dem Boden, ging Timo voran. Ein Schatten, der über den Weg huschte, erschreckte ihn. Er blieb stehen und bellte kurz.

Das Herz klopfte Karl bis zum Hals. Um sich sicherer zu fühlen, nahm er den Hund wieder an die Leine. Wenn es so finster wurde, dass er fast nichts mehr sah, ließ er sich von Timo weiterziehen. Immer wieder stolperte er über Wurzeln.

Wohin gehen wir jetzt?, fragte sich Karl. Wo sind wir überhaupt?

Es kam ihm vor, als wären sie schon Stunden unterwegs, und er fühlte sich erschöpft wie nach einer großen Anstrengung. Allmählich standen die Bäume weniger dicht, es wurde ein bisschen heller. Dann betraten sie eine große Lichtung, die im vollen Mondschein lag. Sie war überwachsen von hohem Gras. Mittendrin stand eine Bank, und auf der saß ein Mensch.

Im ersten Augenblick dachte Karl, es sei Runhardt, der Parkwächter. Aber es war eine alte Frau, und Timo knurrte, als er sich ihr zögernd näherte. Sie hob die Hand. Timo verstummte und drängte sich an Karl. Beide blieben stehen und wagten nicht weiterzugehen.

Die Frau hatte silberne Haare, sogar ihr Gesicht wirkte silbern im Mondlicht. »Was sucht ihr hier im verbotenen Wald?«, fragte sie.

»Ich ... wir suchen den geheimen Ort«, antwortete Karl und verschluckte sich beinahe vor Angst, etwas Falsches zu sagen. »Den geheimen Ort mit den verschwundenen Dingen.«

»Ach so! Den geheimen Ort. Den suchen viele.« Die Frau winkte sie heran, in der Hand hielt sie etwas Dünnes und Langes. »Seid nicht so schüchtern. Kommt näher, ich tue euch nichts.«

Vorsichtig machte Karl ein paar Schritte auf sie zu und zog Timo mit. Der stemmte sich dagegen, gab dann aber nach und versteckte sich hinter Karl.

Jetzt erst sah Karl, dass die Frau strickte. Sie hielt eine lange Stricknadel in der Hand, und auf ihrem Schoß lagen weitere Nadeln, ein paar Wollknäuel und ihre Strickarbeit.

»Wissen Sie denn, wo der geheime Ort ist?«, fragte Karl.

»Ja«, sagte die Alte. »Aber euch darf ich es nicht verraten. Ich darf nur den verschwundenen Dingen den Weg weisen.«

»Die kommen also bei Ihnen vorbei?« Karls Angst war nun verflogen. »Da können Sie uns doch einen Hinweis geben.«

Die Alte lachte ein Tonleiterlachen. »Nun gut, ich schenke dir den Knäuel hier. Wenn dein Hund nicht mehr weiterweiß, wird er dir helfen.«

Damit warf sie Karl einen Garnknäuel zu. Er fing ihn auf, und Timo zog winselnd den Kopf ein. Der Knäuel war rot, das sah man auch bei Mondlicht. Das Garn lief zur Frau hin, und Karl versuchte, es zu zerreißen. Aber der Garnfaden war stärker als die dickste Schnur. Die Alte lachte wieder. Blitzschnell zerbiss sie das Garn, so dass Karl das lose Ende zu sich ziehen und um den Knäuel winden konnte.

»Was tu ich damit?«, fragte er.

»Wirf ihn einfach in die Luft, sobald du Hilfe brauchst«, erwiderte die Alte.

Timos Rückenhaare sträubten sich, er knurrte leise. Die Umrisse der Alten begannen zu verschwimmen, es war, als würde sie zu einer Nebelwolke, die sich rasch verflüchtigte. Nur die Bank blieb zurück.

Karl fürchtete sich genauso wie Timo. Aber etwas Böses war ihnen bisher nicht geschehen. Karl steckte den Knäuel in die Hosentasche. Er brauchte Timo nicht einmal das Weitersuchen zu befehlen. Von selbst machte er sich auf den Weg und zog Karl mit. Auf der anderen Seite der Lichtung nahm der Wald sie wieder auf. Es wurde dunkler, das Blätterdach verschluckte den Mondschein fast ganz.

Sie gingen über einen Teppich von Heidelbeerstauden und im Zickzack einen Hang hinauf. Ab und zu stolperte Karl über Wurzeln und Steine. Dann knipste er die Taschenlampe an, um den Weg besser zu sehen.

Nach langer Zeit kamen sie zu einem Bach. Hier wusste Timo nicht weiter. Er lief ins Wasser und wieder zurück und benahm sich so ratlos, dass Karl beinahe lachen musste.

»Nun gut«, sagte er. »Mal sehen, was der Knäuel taugt.«

Er warf ihn hoch in die Luft. Der Knäuel drehte sich ein paarmal, landete auf der anderen Seite des Bachs und begann sich von selbst abzurollen, genau am Ufer entlang.

Karl ließ die Kranschachtel liegen, sie hatte ihren Zweck erfüllt. Die Hundeleine steckte er in den Rucksack. Er hüpfte von Stein zu Stein über den Bach, und Timo folgte ihm. Der Knäuel wurde kleiner und kleiner, aber der Garnfaden war viel länger, als Karl gedacht hatte. Er lenkte sie immer weiter abwärts, und als sich der Knäuel doch ganz abgerollt hatte, standen sie am Eingang eines Hohlwegs, der steil hinunter in eine Waldschlucht führte.

7

*Mit Tscho geht es hinunter in die Schlucht
und zum geheimen Ort*

Da hinunter sollen wir?, dachte Karl mit einem Schaudern, denn der Weg war finster und steil. Aber er hatte ja die Taschenlampe dabei. Er machte einen zögernden Schritt. Weit kam er nicht. Ein Motor heulte plötzlich auf, etwas Großes drängte sich aus dem Unterholz heraus und sprang quietschend vor sie hin.

Timo bellte wie verrückt, versteckte aber den Kopf zwischen Karls Beinen. Beim zweiten oder dritten Blick erkannte Karl, was es war, das ihnen den Weg versperrte: ein altes Auto, ein VW-Käfer mit platten Reifen. Bei Tageslicht wäre es wohl knallgelb gewesen, allerdings war es von Rostflecken übersät, und im Mondschein sah es eher aus wie mit Senf bekleckert.

»Da – könnt – ihr – nicht – durch«, drangen einzelne Wörter aus dem Auto heraus, halb ein Brummen, halb ein Rattern. »Streng – verboten!« Dazu leuchteten die Scheinwerfer mehrmals auf, als ob das Auto blinzeln würde.

Unsinn!, dachte Karl. Ein sprechendes Auto, das gibt es doch gar nicht. Aber gut, er konnte ja trotzdem versuchen, sich mit ihm zu unterhalten. »Sind wir hier am geheimen

Ort?«, fragte er. »Ich meine: am Ort mit den verschwundenen Dingen?«

»Geheim – ist – geheim!«, ratterte das Auto und hupte zweimal, so dass sich Timo vor Schreck beinahe heiser bellte.

Dann stimmt es also, sagte sich Karl. Wir müssen da hinunter. Aber wie?

»Ich will bloß meinen Kasper zurückholen«, sagte er. »Und auch noch andere Dinge, die verschwunden sind. Deshalb sind wir da, mein Hund und ich.«

»Verschwunden – ist – verschwunden«, dröhnte das Auto und fauchte, so dass durch den Auspuff eine kleine Abgaswolke entwich. »Verloren – ist – verloren.«

»Lassen Sie uns bitte durch«, sagte Karl. »Es ist ganz dringend!«

»Ich – bin – der – Wächter – hier«, knatterte das Auto. »Ich – lasse – keinen – durch – außer – er – hat – einen – Ausweis – mit – Bewilligung.«

Da fiel Karl der andere Wächter ein, den er kannte. »Einen Ausweis habe ich nicht, aber einen schönen Gruß von Runhardt. Er hat uns auf den Weg geschickt.«

Das Auto erzitterte und machte einen kleinen Satz rückwärts. »Runhardt! – Runhardt! – Das – verändert – die – Sachlage – grundlegend.« Das Auto fuhr ruckend auf Karl und Timo zu, die Türen öffneten sich. »Einmaliger – Besuch – gestattet. – Steigt – ein!«

Nur kurz zögerte Karl. Dann stieg er ein, und zwar auf der Fahrerseite, so dass er das Steuer vor sich hatte.

Timo kletterte über Karls Knie und machte es sich auf dem Beifahrersitz bequem.

Die Polster waren verschlissen und aufgeschlitzt. Die Türen hingen schief, die Frontscheibe war vor Dreck beinahe blind. Sicherheitsgurte gab es nicht. Das Auto musste ziemlich alt sein.

»Sind Sie auch mal verloren gegangen?«, fragte Karl.

»Man – hat – mich – einfach – stehen – gelassen«, fauchte das Auto. »Am – Straßenrand – stehen – gelassen. – Dreißig – Jahre – ist – das – her.« Dann wurde es ein wenig freundlicher. »Ich – heiße – übrigens – Tscho.«

»Ich bin Karl«, sagte Karl, »und mein Hund heißt Timo.«

»Festhalten!«, röhrte Tscho.

Auf merkwürdige Weise drehte er sich um die eigene Achse. Er blendete die Scheinwerfer auf. Und dann ging es los, hinunter in die Schlucht.

Die erste Strecke war noch harmlos, aber holprig. Die beiden Passagiere wurden hin und her geworfen. Karl versuchte, Timo mit Zureden und Tätscheln zu beruhigen. Der Weg wurde steiler, und das Tempo nahm von Sekunde zu Sekunde zu. Eine Haarnadelkurve folgte auf die andere. Jedes Mal wurden sie auf die eine oder andere Seite geschleudert. Es war wie auf einer Achterbahn. Als die Beifahrertür aufsprang, jaulte Timo vor Angst und rettete sich auf Karls Schoß. Mit der linken Hand hielt Karl ihn fest, mit der rechten versuchte er zu steuern. Das nützte aber gar nichts. Auch Tschos Motor heulte und jaulte. Dazwischen kreischten die Bremsen. Das ganze Auto ächzte und klapperte, als würde es

gleich auseinanderbrechen. Dazu schalteten sich die Scheinwerfer dauernd aus und wieder ein, was alles noch gespenstischer machte. Am besten schloss man die Augen und hoffte, es sei bald vorüber.

Auf einmal gab es einen heftigen Ruck, bei dem Karl fast in die Frontscheibe flog. Wie durch ein Wunder waren sie heil unten angekommen. Timo zitterte am ganzen Leib. Auch Karls Beine zitterten, als er, mit dem kleinen Hund in den Armen, aus dem Auto kletterte.

Sie standen auf dem Grund der Schlucht, die hier breit und steinig war. Ein Flüsschen wand sich an ihnen vorbei und glitzerte im Mondlicht. Auf beiden Seiten schlossen hohe Felsen die Schlucht ab, und es war unbegreiflich, wie sie hier heruntergekommen waren.

Als Karl genauer hinschaute, fiel ihm auf, dass die ganze Schlucht belebt war. Überall brannten Feuer, kleinere und größere. Um sie herum bewegten sich Dinge, Gestalten, Schatten. Auch bei den Felsen, in Nischen und kleinen Höhlen, sah man flackernde Lichter.

»Addio«, keuchte Tscho. »Muss – gleich – zurück.« Schon hatte er gewendet und verschwand lärmend im Dunkeln.

Karl stellte Timo auf den Boden. Der traute sich kaum einen Schritt von ihm weg, so unheimlich war das alles hier.

»Was jetzt?«, fragte Karl.

Er brauchte nicht lange zu überlegen. Zwei Gestalten kamen auf sie zu. Die eine humpelte, die andere hüpfte auf einem Bein. Die erste, das zeigte sich im Mondlicht, war eine Schaufensterpuppe, die zweite eine Vogelscheuche. Die Schaufensterpuppe hatte einen kahlen Kopf und um Arme, Rumpf und Beine mindestens zehn Schals gewickelt. Ein Fuß fehlte ihr, deshalb humpelte sie. Die Vogelscheuche bestand aus einem umgedrehten Reisigbesen, auf dem eine Mütze saß. An den Reisigborsten war ein Kleiderbügel befestigt, über dem eine wattierte Windjacke hing. Da sie keine richtigen Beine hatte, blieb der Vogelscheuche nichts anderes übrig, als auf dem Besenstiel herumzuhüpfen.

»Hallo, ihr zwei Hübschen«, näselte die Schaufensterpuppe. »Wir haben also Besuch, bewilligten hoffentlich.«

»Wir sind nämlich die Chefs hier«, fiel ihr die Vogelscheuche laut und keifend ins Wort. Timo bellte sie heftig an, so dass Karl ihn wieder beruhigen musste. Erst jetzt entdeckte er die kleine goldene Kartonkrone auf dem Kopf der Schaufensterpuppe.

»Echte Menschen wie du haben hier eigentlich nichts zu suchen«, fuhr die Vogelscheuche fort. »Und kleine Hunde schon gar nicht.«

»Er beißt nicht«, beteuerte Karl und zweifelte doch ein wenig daran, ob Timo nicht am liebsten zugebissen hätte.

»Machen wir's kurz«, sagte die Schaufensterpuppe. »Was sucht ihr hier? Wer hat euch geschickt? Wir möchten möglichst rasch wieder unter uns sein. Heute feiern wir nämlich das Vollmondfest. Da sind Gäste unerwünscht.«

Ein Fest? Karl hörte von weitem misstönende Geräusche, Gläser, die aneinanderklangen, Pfannendeckel, auf die mit Kellen geschlagen wurde. Das war wohl ihre Festmusik, und es waren bestimmt lauter verschwundene Dinge, von denen sie erzeugt wurde.

»Ich habe dich was gefragt«, sagte die Schaufensterpuppe ungeduldig. »Oder muss ich unsere Kneifzangen herbeirufen? Die Scheren? Ein paar von unsern vielen Taschenmessern?«

Karl zuckte zusammen. »Bitte nicht ... Ich möchte ja bloß meinen Kasper zurückhaben ... und wenn möglich noch ein paar andere ...«

»Den Kasper, den Kasper!«, unterbrach ihn die Vogelscheuche. »Etwa zweihundert Kasperpuppen haben wir hier. Und denen gefällt es bei uns, da will keiner zurück.«

»Meiner vielleicht doch«, erwiderte Karl trotzig.

»Wie bitte? Wie bitte?«, riefen beide Chefs wie aus einem Mund.

Gerade rechtzeitig fiel Karl ein, wie er sie beschwichtigen konnte. »Runhardt schickt uns«, sagte er. »Sie wissen doch: Runhardt, der Parkwächter.«

»Ach so«, sagte die Schaufensterpuppe. »Das ist was anderes.«

Und ganz besänftigt fügte die Vogelscheuche hinzu: »Wir mögen Runhardt. Er sorgt dafür, dass wir hier nicht überlaufen werden.«

»Die Kasper sind ganz hinten, bei Feuer Nummer 16«, erklärte die Schaufensterpuppe. »Das Fest hat noch nicht begonnen, da sind die Gleichen noch beisammen. Aber bald schon gilt: Gegensätze ziehen sich an. Kommt jetzt, wir führen euch hin.«

8

Weder Schirme noch Schuhe können Karl etwas anhaben, und zuletzt findet er einen alten Freund wieder

Die Schaufensterpuppe hatte in Rätseln gesprochen. Aber die beiden Chefs verhielten sich jetzt ja friedlich, und so ging Karl mit Timo hinter ihnen her. Er erfuhr, dass die Schaufensterpuppe Scholi hieß und die Vogelscheuche Pör. Die Schaufensterpuppe war eines Tages von einem Dekorateur aus dem Lieferwagen an den Straßenrand gekippt worden. Nur, weil ihr ein Fuß abgebrochen war. Die Vogelscheuche hatte ein Mann den ganzen Winter draußen in seinem Garten stehengelassen, und als er im Frühling wegzog, vergaß er sie einfach. Und so waren beide an den geheimen Ort gekommen. Wie denn? Ach, man wünscht es sich, man wünscht es sich sehnlich und hört nicht auf zu wünschen, und plötzlich ist man da.

Um jedes der Feuer hatte sich eine andere Gruppe von verschwundenen Dingen versammelt. Am ersten Feuer waren es Schirme und Stöcke. Die meisten Schirme waren geschlossen, einige aber, vor allem die größten, hüpften geöffnet auf und ab, oder sie klappten zu und spannten sich wieder auf, machten Luftsprünge und schwebten zu Boden, als

seien sie Fallschirme.«»Ein Mensch! Ein Mensch!«, glaubte Karl aus den Zuklappgeräuschen herauszuhören. Und dann: »Weg mit ihm! Weg mit ihm!«
»Ist schon gut!«, rief Scholi den Schirmen zu. »Der hat eine Bewilligung. Lasst uns durch!«
Widerwillig machten die Schirme Platz.
Beim nächsten Feuer lag ein Haufen Pullover in allen Größen. Sie bewegten die Ärmel, als wollten sie Karl packen. Es sah aus wie ein einziges wolliges Wesen mit Dutzenden von Armen. Auch an den Pullovern kamen sie heil vorbei. Bei den T-Shirts, die sich am dritten Feuer versammelt hatten, waren die Ärmel weniger lang. Dafür blähten sich ihre Brustteile auf, und die aufgedruckten und aufgenähten Figuren waren lebendig geworden. Kleine Krokodile krächzten, Katzen miauten, Piratengesichter schrien irgendwas, ein Skelett klapperte mit den Knochen. Karl wäre am liebsten umgekehrt und weggelaufen. Aber er hielt Timo am Halsband fest und blieb stehen. Er hörte, wie Scholi »Ruhe! Ruhe jetzt!« rief. Die T-Shirts verstummten. Damit verflog Karls Angst, und ihm fiel ein, dass hier wohl sein Donald-Duck-T-Shirt zu finden war. Er schaute sich den Haufen genauer an, und richtig, da lag tatsächlich eins, das aussah wie seines: dunkelblau, mit dem Entenkopf und dem gelben Schnabel drauf. Da drüben war aber noch eines mit Donald und weiter hinten ein drittes.
Welches gehörte nun Karl? Er tätschelte Timos Kopf und forderte ihn auf, die T-Shirts zu beschnuppern. Das tat er. Beim zweiten Donald Duck, den Karl ihm zeigte, wedelte

er heftig mit dem Schwanz. Der roch vertraut! Und als Karl nach dem T-Shirt griff, quäkte der Enterich darauf tatsächlich: »Bin deins, bin deins!«

»Dann nimm es«, sagte Scholi, die Schaufensterpuppe, die alles genau beobachtet hatte.

Karl wollte das T-Shirt in seinen Rucksack stopfen, doch Pör fuhr ihn an: »Du musst es anziehen, klar?«

»Und für alles, was du von uns bekommst, musst du etwas dalassen«, ergänzte Scholi.

Na gut, dachte Karl. Wenn das so ist. Er streifte sich das T-Shirt über den Kopf, und es wehrte sich nicht dagegen.

Karl suchte im Rucksack nach etwas, das er dalassen konnte. Ein Heftpflaster, genau! Das war auf jeden Fall weniger wert als ein T-Shirt.

Scholi, der Karl das Pflaster gab, wusste erst nicht, was es war, und als Karl es ihr erklärt hatte, riss sie die Papierhülle auf und klebte sich das Pflaster dorthin, wo der Fuß abgebrochen war.

Sie kamen zu einem ganzen Berg von Portemonnaies, großen und kleinen, flachen und runden, solchen aus Leder und aus Plastik, Brieftaschen waren auch dabei, richtige Geldbörsen. Im Nu hatte Timo Karls rotes Portemonnaie mit den Glitzersteinchen erschnüffelt. Er brachte es zwischen den Zähnen herbei und bekam zur Belohnung ein Sonderlob und einen Keks. Im Portemonnaie war noch alles vorhanden, die Münzen und die Fußballerbildchen, sogar die zusammengeknüllte Alufolie, die aussah wie ein Silberstück. Was sollte Karl dafür hergeben: das Taschenmesser, den Pullover oder die Wurst? Er entschied sich für den Pullover, mit zwei T-Shirts war ihm warm genug.

Scholi legte sich den alten Pullover um die Schultern, als wäre er ein weiterer Schal, und zeigte aufs nächste Feuer, wo sich Mützen und Hüte versammelt hatten. Schiffermützen waren darunter, Baskenmützen, Schirmmützen, Strickmützen, Zipfelmützen, Strohhüte, Sombreros, sogar Tropenhelme und Zylinder. Die steiferen von ihnen richteten sich auf, als die Besucher näher kamen, sie standen auf der Krempe, mit der Öffnung gegen Karl, und es sah aus wie lauter aufgerissene Mäuler.

Timo schnüffelte und ging mutig auf sie los. Kaum zu glauben, drei von Karls vier verschwundenen Mützen fand er auf Anhieb und legte sie ihm vor die Füße.

»Drei, das genügt«, sagte Karl und setzte sie sich nacheinander auf, die kleinste zuunterst, die anderen darüber. Drei Mützen und zwei T-Shirts trug er nun, und ihm wurde immer wärmer.

Scholi mahnte Karl, die Regeln einzuhalten und für die wiedergefundenen Mützen drei Dinge hierzulassen.

Na gut, dachte Karl, dann eben. Den Apfel und das zweite Heftpflaster opferte er, dazu die Taschenlampe. Die war nicht nötig, solange der Mond schien. Die Wurst nahm Karl heraus und legte sie wieder in den Rucksack zurück. Einen Notvorrat brauchten sie auf jeden Fall.

»Drei für drei«, sagte Karl zu Scholi, und die nickte, rückte ihre Kartonkrone zurecht und humpelte weiter.

Dann waren die verlorenen Schuhe an der Reihe, alle möglichen Sorten, von Sandaletten zu Reitstiefeln, von Babyschuhen zu Skischuhen. Sie stampften herum, um Karl zu vertreiben, und es sah bedrohlich aus, als sie richtige Viererkolonnen bildeten. Karl wusste inzwischen, dass ihn solche Auftritte nicht zu ängstigen brauchten. Und auf den einen Turnschuh, der wohl auch hier gewesen wäre, konnte er verzichten.

Beim nächsten Feuer lagen aber die Handschuhe, und da kam Karls Torhüterhandschuh zum Vorschein. Für ihn ließ er die Plastikflasche zurück, die noch halb mit Himbeersirup gefüllt war.

»Ist es noch weit bis zu den Kasperlefiguren?«, fragte Karl die beiden Chefs.

»Das siehst du dann«, sagte Scholi.

Zu einer Menge Spielsachen kamen sie jetzt. Autos waren darunter, sogar solche zum Hineinsitzen, Dreiräder, Modelleisenbahnwagen, Glasmurmeln. Auch Plastiktiere gab es, Gummibälle, Lederbälle.

In kürzester Zeit hatte Timo den grünen Plastiksaurier und den roten Ball aufgespürt. Karl fiel es schwer zu entscheiden, was er an ihrer Stelle dalassen sollte. Also gut, die Schnur und eine Fünfzigrappenmünze, die zuunterst im Seitenfach lag.

»Jetzt will ich aber zu meinem Kasper«, sagte Karl, nachdem er die wiedergefundenen Dinge im Rucksack verstaut hatte.

»Geduld, Geduld!«, ermahnte ihn Pör und wackelte mit ihrem Besengesicht.

Zuerst mussten sie noch an den Puppen und Stofftieren

vorbei. Viele waren kaputt. Sie hatten verdrehte Arme, eingedrückte Nasen, aufgeschlitzte Bäuche oder kahle Köpfe. Sie jammerten und baten: »Mach uns wieder ganz, Mensch!« Karl hatte Mitleid mit ihnen, aber Scholi näselte: »Hör nicht auf sie, die tun nur so. Hier geht es ihnen besser als bei euch.«

Beim nächsten Feuer sah Karl endlich den Haufen mit den Kasperlefiguren. Einige saßen aufrecht da, auch ohne Menschenhände. Und man hörte ein Gemurmel aus vielen Stimmen. Die Köpfe redeten miteinander, es klang ähnlich wie bei Leuten, die sich in der Kneipe über das Wetter und das letzte Fußballspiel unterhalten. Nicht bloß viele Kasper mit Zipfelmützen waren hier versammelt, sondern auch Könige, Prinzessinnen, Zauberer, Hexen.

Karls Herz klopfte schneller. Er bückte sich zu Timo hinunter, der misstrauisch vor dem Figurenhaufen stand. »Erinnerst du dich an die Schachtel?«, fragte er und ließ Timo an der Hand schnuppern, mit der er die Kranschachtel getragen hatte. »Such den Kasper, such!«

Timo blickte zu Karl hoch, dann umkreiste er unschlüssig den Figurenhaufen.

»Er wird ihn nicht finden«, sagte Scholi zu Pör mit einem glucksenden Lachen.

»Er wird ihn finden!«, krächzte die Vogelscheuche.

»Such, such!«, ermunterte Karl den Hund.

Timo stellte die Ohren auf, dann wühlte er sich in den Haufen hinein, schob die Kasperlefiguren beiseite, warf sie durcheinander. Er tauchte in der Mitte des Haufens auf, verschwand wieder. Karl hörte Protestgemurmel, das immer wütender wurde: »So was! Diese Frechheit! Geschubst wird hier nicht, verstanden!« Doch dann bellte Timo triumphierend. Mit einem Kasper im Maul kam er aus dem Haufen hinaus, trabte zu Karl und legte ihm die Figur zu Füßen. War es der richtige Kasper? War er es nicht?

Karl schlüpfte mit der rechten Hand in das Kleid hinein, und dann hob der Kasper von selbst seinen Kopf und schaute ihn an.

9

Die ungleichen Socken tanzen miteinander, und Karl soll sich von etwas Lebendigem trennen

»Bist du mein Kasper?«, fragte Karl. »Ja, du bist es, ich sehe es doch, du hast deinen Zipfelmützenbommel verloren.«
»Ich bin es«, sagte der Kasper mit seiner vertrauten Stimme. Aber sehr erfreut klang er nicht. »Du hast lange gebraucht, um mich zu finden.«
»Es war komplizierter, als ich gedacht habe«, sagte Karl.
»Und nun?« Der Kasper hielt den Kopf schief, wie immer, wenn ihm etwas nicht ganz passte. »Hast du deine Sachen gefunden?«
»Die meisten schon. Aber am wichtigsten bist du. Ich bin so froh, dass ich dich wiederhabe. Nun gehen wir alle zusammen nach Hause.«
Der Kasper seufzte. »Ich weiß nicht. Hier habe ich Gesellschaft. Und bei dir liege ich die meiste Zeit in der Schachtel.«
»Nein!« Karl schüttelte heftig den Kopf. »Du kannst von jetzt an immer bei mir sein. Ich nehme dich überallhin mit. Großes Ehrenwort!«
»Und dann lässt du mich wieder irgendwo liegen.«

»Warum hast du denn nicht auf mich gewartet?«
»Weil ich gar nicht mehr zu dir zurückwollte! Weil du so launisch bist! Weil du mit mir machst, was du gerade willst!«
»Das wird jetzt alles anders. Versprochen!« Karl machte eine Pause und überspielte seine Verlegenheit. »Wie hast du denn überhaupt den geheimen Ort gefunden?«
»Etwas hat mich hingeführt. Da war eine unsichtbare Hand in mir drin, aber nicht deine. Es ging einfach weiter und immer weiter. Über die Wiese, durch den Wald und hinab in die Schlucht.«
»Aber du kommst trotzdem mit mir zurück, ja?«, bat Karl leise.
»Du hast doch jetzt deinen Hund«, antwortete der Kasper und senkte den Kopf, als sei er ihm plötzlich zu schwer.
Karl hatte ganz vergessen, dass die beiden Chefs hinter ihm standen und zuhörten. Vor Schreck verschluckte er seine Antwort, als Scholi sich einmischte: »Schluss jetzt! Ihr könnt euch später entscheiden. Es ist höchste Zeit, dass das Fest beginnt.«
Der Kasper klatschte begeistert in die Hände. »Wir warten schon lange darauf!«
»Ihr zwei«, sagte Scholi zu Karl und Timo, »dürft ausnahmsweise dabei sein.« Dann rief sie: »Musik! Musik!«
Beinahe im selben Moment setzte ein Höllenlärm ein. Das Pfannendeckelgeklapper wurde betäubend laut. Fahrradklingeln klingelten, eine Handharmonika orgelte, es läutete wie von großen und kleinen Glocken. Das waren Vasen und Gläser, die aneinanderstießen. Dazwischen knallte es,

als würden Schüsse abgefeuert. Irgendwo ratterten Motoren von uralten Rasenmähern. Die Puppen in der Nähe sangen laut und schrill. Die Stofftiere brüllten, wieherten, muhten, meckerten.

Timo fing zu heulen an, halb aus Angst, halb aus Lust am Lärm. Auf Karls Hand saß der Kasper und wippte im Takt mit.

Scholi war auf einen Felsbrocken geklettert und schrie von dort herab: »Jetzt wird getanzt, jetzt wird getanzt!« Sie sprang vom Fels herunter und packte Pör. Eng umschlungen humpelten und hüpften die zwei zum Feuer und zurück, und Pör kreischte vor Vergnügen laut auf.

Jeder suchte sich jemanden zum Tanzen und drehte sich mit ihm herum. Bald war die ganze Schlucht voll von tanzenden Paaren. Jetzt hielt es niemanden mehr beim eigenen Feuer. Ein Teddybär tanzte mit einer Barbie-Puppe, ein Stiefel mit einem Wanderstock, eine Lesebrille mit einem Schraubenzieher.

Auch die Kasperlefiguren tanzten, als wären sie plötzlich ganz leicht und würden vom Wind herumgeweht. Ihre Kleider waren gebauscht, sie fassten sich bei den Händen, sie schwebten hoch und sanken nieder.

Karls Kasper wollte auch mitmachen und wippte noch stärker auf und ab. Aber Karl ließ ihn nicht los. »Dann komm wenigstens mit zu den Socken und Strümpfen«, rief der Kasper. »Dort ist es am lustigsten.« Und er drängte so stark in eine Richtung, dass er Karl an der Hand beinahe mitzog.

Bei den Socken und Strümpfen ging es hoch her. Jede einsame Socke durfte mit einer beliebigen anderen tanzen. So tanzte eine ausgeleierte Ringelsocke mit einem rosaroten Babysöckchen, ein durchlöcherter Nylonstrumpf mit einer alten Skisocke, eine dünne schwarze Seidensocke mit einem roten Wanderstrumpf. Die ungleichen Paare wirbelten herum, machten Luftsprünge und Purzelbäume, verloren einander und fanden sich wieder. Das sah so komisch aus, dass Karl laut lachen musste. Es zuckte ihn plötzlich selbst in den Beinen. Mit wem konnte er denn tanzen? Mit dem Kasper! Und natürlich mit Timo, der vom Bellen schon ganz heiser war. So hüpfte auch Karl herum, er schwenkte den Kasper hin und her und brachte Timo dazu, immer wieder ein paar Schritte auf zwei Beinen zu tänzeln. Er schwitzte unter seinen zwei T-Shirts, er verlor eine Mütze, doch das war ihm egal.

Jetzt kippe ich gleich um, dachte Karl außer Atem und tanzte doch weiter. Träume ich eigentlich? Oder ist das alles wahr?

Als der Mond knapp über dem oberen Schluchtrand stand, stieg Scholi wieder auf den Felsbrocken und schrie durchdringend: »Aus! Ende! Finito!«

Es wurde still in der Schlucht. Wer getanzt hatte, kehrte an seinen Platz zurück. Die Feuer brannten noch, sie waren aber viel kleiner geworden.

Karl setzte sich hin, mit dem Kasper auf der Hand, und Timo legte den Kopf in seinen Schoß. Er war so erschöpft, dass ihm beinahe die Augen zufielen. Trotzdem sah er genau, dass Scholi und Pör wieder an seiner Seite standen.

»Lass mich jetzt los«, sagte der Kasper zu Karl. »Ich will bei meinen Kameraden bleiben. Ich will beim nächsten Vollmondfest dabei sein. Das ist mein Entscheid.«

»Nein«, sagte Karl. »Du kommst mit mir. Onkel Lutz hat dich mir geschenkt. Und darum gehörst du mir.«

Der Kasper versuchte vergeblich, sich zu befreien. »Lass mich los, ich bin nicht dein Gefangener! Mir gefällt es besser hier als bei dir zu Hause.«

»Was soll das?«, fragte Karl zornig. »Glaubst du, ich habe umsonst so lange nach dir gesucht?«

Da schritt Scholi ein. »Wenn du den Kasper mitnehmen willst«, sagte sie zu Karl, »musst du etwas anderes dalassen, das weißt du ja.«

Karl nickte. »In Ordnung. Ich lasse die Wurst da. Oder mein Taschenmesser, das habe ich noch. Oder den ganzen Rucksack, wenn ihr wollt.«

»Das genügt nicht«, näselte Scholi.

»Das genügt nicht«, krächzte Pör.

»Dein Kasper ist für dich lebendig«, sagte die Schaufensterpuppe. »Und das heißt, dass du für ihn etwas Lebendiges dalassen musst.«

»Was denn?«, fragte Karl mit einer bösen Vorahnung.

»Was wohl? Deinen Hund!«

»Deinen Hund!«, echote die Vogelscheuche.

»Nein!« Karls Müdigkeit war wie weggeblasen. »Timo gebe ich nicht her!«

Timo bellte laut, als er seinen Namen hörte.

Scholi stampfte mit dem heilen Bein auf. »O doch, dein Kasper gegen den Hund. Das ist unser letztes Wort. Wir können gut einen zweiten Wächter gebrauchen, der Tscho hilft.«

Scholi meinte es ernst! Aber Karl wollte den Kasper behalten. Und Timo auch. Was sollte er bloß tun? Fliehen? Ja, fliehen! All die Dinge hier, die Puppen, die Schirme, die Socken, waren bestimmt nicht so schnell wie Karl. Auch Scholi, das Hinkebein, würde ihn nicht einholen.

»Komm, Timo!«, rief er. »Renn!«

Und schon stürmte Karl mit dem Rucksack am Rücken und dem Kasper auf seiner Hand davon, zum Schluchteingang, dorthin, wo Tscho, das Wächterauto, ihn abgesetzt hatte. Der Mond war am Untergehen, der Weg kaum noch sichtbar. Nur die Feuerstellen erhellten die nächste Umgebung mit unruhigem Schein. Karl fiel beinahe hin und rannte weiter. Timo folgte ihm auf den Fersen, er keuchte und kläffte. Aber auch Scholi und Pör waren hinter ihm her, sie schrien: »Haltet ihn, haltet ihn, er ist ein Dieb!«

Karl kurvte um Bücherstapel herum, die er vorher gar

nicht gesehen hatte. Er sprang über Eimer und rostige Kübel hinweg, die ihn zum Stolpern bringen wollten. Er stieß ein Fahrrad um, das sich quer vor ihn stellte.

»Lass mich hier«, hörte er den Kasper sagen. »Lass mich hier, dann geschieht dir nichts, und du kannst den Hund behalten.«

»Nein«, keuchte Karl und rannte weiter.

Aber dann wurde es gefährlich. An einer Stelle hatten sich die Messer versammelt, Taschenmesser mit mehreren Klingen, Küchenmesser, auch Gabeln mit scharf geschliffenen Zinken, dazu Sägen mit gezackten Blättern, Fuchsschwänze, Äxte. Sie hatten sich in mehreren Reihen aufgestellt, um Karl aufzuhalten. Sie blitzten und funkelten im Feuerschein, und im nächsten Augenblick umzingelten sie ihn.

»Hund oder Kasper!«, riefen hinter ihm Scholi und Pör. Schon hatten sie Karl beinahe eingeholt.

»Hund oder Kasper!«, sirrten und summten die Messer, Gabeln, Sägen und Äxte.

Timo winselte angstvoll.

»Ihr könnt alles haben!«, beschwor Karl die feindselige Versammlung. »Aber den Kasper nicht! Und auch nicht Timo! Bitte!«

Er warf seine Mützen auf den Boden, er legte den Rucksack ab. »Das alles könnt ihr haben! Und jetzt lasst mich durch!«

Er hätte auch die T-Shirts ausgezogen, aber das konnte er nicht, wegen dem Kasper auf seiner Hand.

Inzwischen waren Scholi und Pör herangekommen, und die Schaufensterpuppe legte Karl die kalte Hand auf die Schulter. »Gib auf, du hast keine Chance. Du musst dich entscheiden.«

Hund oder Kasper? Das war eine grausame Wahl. Dann dachte Karl: Timo ist ein kluger Hund, der wird von selbst den Weg nach Hause finden. »Also gut, ich gebe euch Timo.« Er sagte es unter Tränen, denn ganz sicher war er nicht, ob sein Plan aufgehen würde.

»Aha«, sagte Scholi mit einem Lachen. »Alles bestens.«

Auf ihr Zeichen hin wichen all die scharf geschliffenen Dinge auseinander.

10

Karl wirft den Kasper in Tschos Maul und ist ganz allein, aber jemand kommt zurück

Mit dem Kasper ging Karl durch die Gasse, die sich für ihn geöffnet hatte.
»Lass mich hier, lass mich hier!«, bettelte der Kasper. Timo wollte Karl nachlaufen und wurde von Scholi und Pör festgehalten. So herzerweichend heulte er, dass Karl nahe daran war, umzukehren und den Kasper zu opfern. Aber wenn Karl sich für etwas entschieden hatte, dann blieb er dabei. Und so ging er weiter, während die Tränen über seine Wangen liefen und auf den Kasper tropften. Karl wusste gar nicht, wohin er trat. Er hätte sich die Ohren verstopfen wollen, damit er Timos Klagegeheul nicht mehr hören musste. Ein ums andere Mal sagte er laut: »Es muss so sein, es muss so sein!«
»Nein, nein, du machst einen großen Fehler!«, antwortete der Kasper aufgebracht. »Ich gebe dir nie mehr einen Rat! Nie mehr!«
Karl schüttelte den Kasper, damit er endlich zur Besinnung kam. »Wenn ich es will, dann musst du es trotzdem tun!«
»Nein, nein!« Der Kasper konnte nichts ausrichten gegen

Karls Hand, die in ihm drin steckte. »Hör auf mit dem Schütteln, mir wird schlecht.«

»Dann hör auf mit dem Gejammer!«

Karls Füße fanden wie von selbst den Weg über eine Brücke, dann den Hang hinauf, an Tannen vorbei. Der Weg war ein bisschen heller als die Umgebung.

Nach der zweiten oder dritten Kurve hörte Karl Motorenlärm, der rasch lauter wurde.

Das ist Tscho!, dachte er. Was tu ich jetzt?

Schon sah er weiter oben die Scheinwerfer aufleuchten und wieder erlöschen. Dann raste das Wächterauto hupend auf Karl zu. Starr vor Schreck schaute er ihm entgegen. Er war zu keiner Bewegung mehr fähig. Tschos Bremsen quietschten, die Reifen rutschten über den Schotter. Eine Armlänge vor Karl kam das Auto zum Stillstand. Die Scheinwerfer erfassten und blendeten ihn.

»Achtung – Achtung!«, dröhnte Tscho. »Wen – haben – wir – da? – Einen – Dieb! – Zeig – mal – her!«

»Ich bin kein Dieb!« Karl versteckte den Kasper hinter seinem Rücken. »Ich habe meinen Kasper gegen meinen Hund getauscht, das ist die reine Wahrheit.«

»Glaube – ich – nicht!«, ratterte Tscho Wort um Wort. »Man – wird – dich – verhören. – Hier – kommst – du – nicht – durch!« Und er fauchte so bedrohlich durch den Auspuff, dass er ebenso gut ein bösartiger Drache hätte sein können.

»Der Kasper soll's dir selber sagen, dass ich ihn eingetauscht habe.« Karl streckte Tscho die Hand mit dem Kasper entgegen. »Sag dem Auto, dass ich dich eingetauscht habe. Sag es ihm bitte!«

Der Kasper antwortete: »Er hat mich eingetauscht. Aber ich will nicht bei ihm sein. Ich will gar nicht!«

Tscho schnaubte empört. »Dann – ist – es – nicht – Diebstahl – sondern – Freiheitsberaubung!«

»Quatsch!«, rief Karl, aber es wurde ihm eng in der Brust.

Tscho löste die Bremsen, ruckte voran und berührte mit der Stoßstange Karls Knie. Dann öffnete sich vorne die Kofferraumhaube. »Hier – herein – mit – dem – Kasper!«, befahl er. »Los – sonst – schluck – ich – dich – auch!« Das Auto wackelte, es schien mit dem offenen Kofferraummaul nach Karl zu schnappen.

Das war zu viel für Karl. »Dann bleib eben hier!«, schrie er den Kasper an und warf ihn mit Wucht in den Kofferraum. Blitzschnell kroch er ins Unterholz hinein. Er verlor die letzte Mütze, er blieb mit dem oberen T-Shirt hängen, schlüpfte aus ihm hinaus. Dafür hatte er jetzt wieder beide Hände frei, und Tscho kam nicht an ihn heran. Das Auto fuhr wütend gegen die Büsche, es hupte und röhrte. In Panik kroch Karl weiter. Es ging steil aufwärts. Er rutschte ab, hielt sich an Ästen fest. Wo war er überhaupt? Aufwärts musste er, unbedingt aufwärts, aber nicht dorthin, wo der Schluchtweg anfing. Dort würde Tscho ihm auflauern.

Unterhalb von ein paar Felsen war das Gelände ein wenig flacher und nicht so dicht bewachsen. Da konnte Karl sich eine Weile ausruhen. Sein Herz hämmerte so stark, dass es weh tat. Die Augen brannten, die Beine schmerzten. Seine Hosen waren zerrissen, seine Hände zerkratzt.

Als er wieder zu Atem kam, wurde ihm seine Lage bewusst. Jetzt hatte er gar nichts mehr. Den Rucksack und alles darin hatte er nicht mehr. Den Kasper hatte er nicht mehr. Und auch Timo hatte er nicht mehr. Lautlos weinte er vor sich hin. Aber das Weinen nützte ja nichts. Er musste weiter, wenigstens sich selbst konnte er retten. Doch wie sollte er ohne Timo den Rückweg finden?

»Timo, Timo, was habe ich getan? Warum habe ich dich zurückgelassen?«

Auch Jammern nützte nichts. Und so kletterte Karl die Felsen hinauf. Es war gefährlicher als alles, was er in dieser Nacht erlebt hatte. Er sah beinahe nichts, tastete mit den Händen nach Spalten und Vorsprüngen, an denen er sich hochziehen konnte. Zum Glück wuchsen in Ritzen hier und dort kleine Tannen, die gaben den besten Halt. Er musste die dünnen Stämme zuerst erproben, bevor er sein ganzes Gewicht an sie hängte. Zweimal rutschte Karl beinahe ab, und wie tief er gefallen wäre, mochte er sich gar nicht ausdenken.

Endlich hatte er die Felspartie hinter sich. Nun folgte wieder ein bewaldeter Hang, aber der war immer noch steil und gefährlich. Es kam Karl wie ein Wunder vor, dass er's schaffte, den Schluchtrand zu erreichen. Endlich war er oben angelangt. Er netzte seine wunden Handflächen mit Speichel, er setzte sich, vergrub das Gesicht in den Händen und weinte wieder ein bisschen, aber dieses Mal vor Erleichterung.

Hier war der Wald lichter. Und wenn Karl geradeaus ging,

immer geradeaus, würde er irgendwann zu Ende sein. Aber hatte Karl nicht schon gehört, dass man in solchen Fällen gern im Kreis herumging? Zaghaft setzte Karl die ersten Schritte und wusste schon nach kurzer Zeit nicht mehr, ob die Richtung stimmte. Vielleicht hatte er einen Bogen gemacht und würde plötzlich in die Schlucht hinunterstolpern. Es war doch besser zu warten, bis der Morgen kam. Er hatte ge-

schwitzt. Seine Arme und Beine wollten nicht mehr. Jetzt begann er zu frieren. Er lehnte sich an einen Baumstamm und spürte die Verzweiflung, die in ihm aufstieg.

Tscho hatte er zum Glück abgehängt, von ihm war nichts mehr zu hören. Überhaupt war es unheimlich still. Aber halt! Bellte da nicht ein Hund? Weit entfernt klang das Gebell. Doch es näherte sich rasch, wurde lauter und aufgeregter.

»Timo!«, rief Karl und sprang auf. »Timo, hier bin ich!«

Nun hörte er auch das Knacken von Ästen, dazwischen ein Hecheln, wieder das Bellen, viel näher jetzt. Und dann stürzte ein Schatten auf Karl zu und warf ihn beinahe über den Haufen. Ja, es war Timo! Karl umarmte ihn, und Timo leckte Karls Gesicht. Ob es von Timos Zunge oder von seinen Tränen nass wurde, war Karl egal, denn jetzt hatte er seinen Hund wieder.

»Brav, brav!«, sagte er Timo ins Ohr und streichelte seinen Kopf. »Du hast es geschafft! Du bist abgehauen, wie? Und hast mich gefunden. War es schwierig?«

Timo winselte zur Antwort leise und drückte die feuchte Schnauze in Karls Achselhöhle. Das mochte heißen: »Sehr schwierig war es, aber ich wollte zurück zu dir!«

»Dann brechen wir jetzt auf«, sagte Karl. »Wir müssen nach Hause zurück. Und du zeigst mir den Weg.«

Jetzt, wo Timo wieder bei ihm war, kehrte die Kraft in Karls Beine zurück. Der Kasper fehlte ihm kaum noch. Sollte der doch da bleiben, wo es ihm passte! Aber von Timo würde er sich so schnell nicht mehr trennen. Ganz bestimmt nicht!

Die Leine hatte Karl auch nicht mehr. Darum blieb er ganz nahe bei Timo. Es war nicht bloß ein Schatten, der vor ihm herging, es war sein Hund, und der hatte ein Fell, das manchmal etwas heller schien, dann wieder dunkler. Und dem konnte man folgen.

Aber bald schon war Karl erneut so ausgepumpt, dass er manchmal torkelte und sich an Stämmen abstützte.

»Tut mir leid«, sagte er zu Timo. »Ich muss mich ein bisschen ausruhen.«

Da war eine moosige Stelle, da war ein Strunk. Karl setzte sich hin, und Timo legte sich neben ihn und wärmte ihn mit seinem Körper. Wurde der Himmel zwischen den Wipfeln nicht schon ein wenig heller? Vielleicht ging ja bald die Sonne auf. Dann würde es noch leichter sein, den Weg zu finden.

Was jetzt wohl die Eltern machen?, dachte Karl schläfrig. Hatten sie schon gemerkt, dass ihr Sohn nicht in seinem Bett lag? Spätestens, wenn die Mutter ihn zum Frühstück rief, flöge es auf, dass Karl und Timo verschwunden waren. Er würde ihnen alles erklären. Nein, nicht ganz alles, das mit dem geheimen Ort würden sie sowieso nicht glauben. Aber dass er den Kasper finden wollte, das würden sie begreifen.

Nun brach der Tag wirklich an. Karl sah, dass Timo sehr schmutzig war. Er bürstete mit den Fingern ein paar Blätter aus seinem Fell. Die Finger blieben im Kraushaar stecken. Karl fielen die Augen zu.

11

*Karl liegt im Park, und die Polizei
will ihm zuerst nicht glauben*

Als Karl aufwachte, hatte er keine Ahnung, wo er war. Er lag auf hartem Boden. Da wuchs Gras, welke Blätter gab es dazwischen, dünne und dickere Stämme umgaben ihn. War das ein Wald? Eine Hecke? Karl fröstelte und versuchte, sich zu erinnern. War da nicht etwas mit dem Kasper gewesen? Mit Timo? Den spürte er zum Glück an seiner Seite, und das beruhigte ihn. Er merkte jetzt, dass seine Beine im Freien waren, der Oberkörper aber zwischen Sträuchern. Dann musste es die Parkhecke sein. Aber er war doch anderswo gewesen, weit weg, in einer Schlucht. Ja, am Ort der verschwundenen Dinge!

Plötzlich hörte er, von ziemlich weit weg, vertraute Stimmen. »Karl!«, riefen sie. »Karlchen! Wo bist du?« Das waren der Vater und die Mutter, und ihre Stimmen kamen immer näher. Dazwischen mischte sich fremdes Hundegebell, was Timo zu aufgeregtem Kläffen reizte.

Langsam rutschte Karl unter der Hecke hervor, er setzte sich auf, rieb sich die Augen.

Die Sonne war eben aufgegangen und stand knapp über den drei Pappeln.

»Hier ist er!«, hörte er die Mutter rufen.

Jetzt sah er sie, quer über den Rasen, auf ihn zulaufen. Dicht hinter ihr war der Vater. Dann kamen zwei Polizisten in Uniform, und einer hielt einen bellenden Schäferhund an der Leine zurück.

Was ist da los?, dachte Karl. Haben die mich alle gesucht?

Zwanzig Schritte waren die Eltern noch von ihm entfernt, da raste Timo wie ein Wirbelwind auf sie zu. Er sprang am Vater hoch, er begrüßte winselnd auch die Mutter und rannte ihnen voraus zu der Stelle, wo Karl saß und sich die Augen rieb.

»Karl! Karlchen!« Die Mutter kniete neben ihm nieder. »Da bist du ja! Was ist mit dir? Du bist ja ganz verdreckt!«

»Du sollst nicht Karlchen zu mir sagen«, erwiderte Karl.

Inzwischen war auch der Vater da. Die zwei Polizisten, ein dünner und ein rundlicher, traten hinzu. Sie alle umringten Karl.

»Lebt er?«, fragte der dünne Polizist.

Sein Hund bellte Timo heftig an. Der bellte zurück und fletschte die Zähne. Karl war froh, dass der Dünne den Schäferhund so eng an der Leine hielt.

»Natürlich lebt er!«, rief der Vater.

»Habt ihr mich alle gesucht?«, fragte Karl verdattert.

»Habt ihr…?«

»Ja, was denkst du denn!«, sagte die Mutter. »Du warst heute Morgen einfach verschwunden. Wir hatten solche Angst.«

»Und deswegen hat man uns alarmiert«, sagte der Dünne. »Und unser Spürhund hat an deinen Socken geschnuppert und uns in den Park geführt.«

Die Mutter umarmte Karl und gab ihm gleichzeitig ein paar leichte Klapse auf den Hinterkopf. »Ausgerissen bist du! Tu das nie mehr, hast du verstanden: Nie mehr!«

Der Vater schaute vorwurfsvoll, aber mit nassen Augen auf Karl hinunter. »Na, du Schlaumeier, du hast es geschafft, uns einen gewaltigen Schrecken einzujagen.« Dann ließ er sich auf die Knie fallen. Er drückte Karl zwei Küsse auf die Wangen und zwickte ihn ein bisschen am Ohr.

Karl lächelte verwirrt. »Ich glaube… ich glaube, ich habe Durst… und Hunger…«

»Zu Hause kriegst du eine heiße Schokolade«, sagte die Mutter. »Aber erst, wenn du gebadet hast und trocken gerubbelt bist.«

Die Polizisten hatten eine Weile zugesehen, aber nun sagte der Dünne zu Karl: »Wir müssen dir ein paar Fragen stellen, Karl. Fürs Protokoll, verstehst du?«

Der andere Polizist hatte ein Doppelkinn und nickte mit wichtiger Miene. »Als Erstes interessiert uns: Was hast du hier im Park gemacht?«

Karl überlegte, dann sagte er: »Ich ... habe meinen Kasper gesucht.«

»Und warum mitten in der Nacht?«

»Weil ... weil ... ich habe mir gedacht ... der Kasper zeigt sich am ehesten bei Vollmond ... Ich habe gedacht, bei Vollmond kommt er aus seinem Versteck hervor ...«

»Ach so.« Die beiden Polizisten schauten einander zweifelnd an. »Aber du hast deinen Kasper nicht gefunden, wie?«

Karl schüttelte den Kopf. »Ich habe gewartet ... und dann bin ich eingeschlafen ...«

»Und wie bist du hier hereingekommen?«, fragte der Dünne.

»Durchs ... durchs Tor ...«, antwortete Karl und hüstelte ein wenig.

»Das kann nicht sein!« Doppelkinn hob drohend den Zeigefinger. »Du darfst uns nicht anlügen. Das Parktor ist nachts geschlossen.«

Karl schaute die Gesichter ringsum an. Sie würden ihm nicht glauben, wenn er die Wahrheit sagte. Die Wahrheit war, dass er durchs Tor in den Park gegangen war. Durchs offene Tor! Das sagte er noch einmal. Und er sagte es ein drittes Mal.

Als die Polizisten ihm immer noch nicht glauben wollten, sagte jemand von hinten: »Doch, doch, meine Herren, der Junge hat recht!«

Es war Runhardt, der Parkwächter mit seiner Schirmmütze, und er war so behutsam dazugekommen, dass die zwei Hunde erstaunlicherweise nicht reagiert hatten.

»Wie bitte?« Die Polizisten hatten sich umgedreht und musterten Runhardt.

Er lüftete höflich seine Mütze, er grüßte und stellte sich vor. Dann sagte er: »In Vollmondnächten ist der Park ausnahmsweise von elf Uhr nachts bis ein Uhr morgens geöffnet.«

»Das steht aber nirgends so«, wandte Doppelkinn ein.

Runhardt lächelte. »Man muss es eben wissen. Vermutlich habe ich es Karl mal gesagt. Aber natürlich nur, weil ich dachte, er mache mit den Eltern irgendwann einen Vollmondspaziergang.«

»Und warum sind Sie jetzt gerade aufgetaucht?«, fragte der Dünne scharf. »Das ist doch ein merkwürdiger Zufall.«

Runhardt ließ seinen Schlüsselbund klirren. »Wieso? Ich habe Stimmen und Gebell gehört. Da ist es meine Pflicht nachzuschauen.«

»Sie sind aber nicht vom Tor her gekommen«, sagte Doppelkinn.

»Ich war schon drin«, sagte Runhardt. »Im Sommer öffnen wir um halb sieben. Das Tor war doch offen, oder nicht?«

Man sah, dass niemand dem Parkwächter richtig traute. Doch es passte ja alles zusammen, was er sagte. Einmal hatte er Karl zugezwinkert. Aber das hatte außer ihm niemand gesehen.

Karl hatte inzwischen begriffen, dass er wieder dort war, wo die Expedition zum geheimen Ort begonnen hatte. Er hätte Runhardt gerne gefragt, ob er wisse, was mit ihm in der Nacht geschehen war. Er hätte gerne gefragt, wie ein kleiner Wald plötzlich so groß werden konnte. Aber vor all den Leuten traute er sich nicht. Vielleicht später mal, dachte er. Dann wird mir Runhardt alles erklären.

Sie gingen zurück zum Haupttor. Karl, der etwas schwach auf den Beinen war, wurde vom Vater gestützt. Er fröstelte, und die Mutter legte ihm ihre Sommerjacke über die Schultern.

Der große Polizeihund benahm sich nun sehr friedlich. Er hatte ja seine Pflicht erfüllt. Und den kleinen Timo beachtete er gar nicht mehr.

Am Tor verabschiedeten sich die zwei Polizisten. Die Eltern bedankten sich mehrmals bei ihnen und winkten dem Polizeiauto nach, als es davonfuhr.

»Wo ist übrigens dein Rucksack?«, fragte die Mutter Karl auf dem Weg nach Hause. »Den hast du doch wohl mitgenommen, du hast ihn ja gestern gepackt.«

»Ich glaube … den habe ich verloren«, sagte Karl kleinlaut. »Auch die Hundeleine war dort drin.«

»Verloren hast du den Rucksack? Er ist also nicht einfach von selbst verschwunden?«

Karl nickte und bückte sich, um Timo zu streicheln, der neben ihm herging. »Aber Timo habe ich nicht verloren. Du bleibst bei mir, Timo, wie?«

Timo schaute zu Karl auf und bellte zustimmend.

*Bitte beachten Sie
auch die folgenden Seiten*

Lukas Hartmann, geboren 1944 in Bern, studierte Germanistik und Psychologie. Er war Lehrer, Journalist und Medienberater. Heute lebt er als freier Schriftsteller in Spiegel bei Bern und schreibt Bücher für Erwachsene und für Kinder. Er wurde unter anderem mit dem Großen Literaturpreis von Stadt und Kanton Bern ausgezeichnet (für sein Gesamtwerk) und erhielt für seinen Kinderroman *So eine lange Nase* den Schweizer Jugendbuchpreis.

Tatjana Hauptmann, geboren 1950 in Wiesbaden, lebt in der Nähe von Zürich. Sie ist Autorin und Illustratorin vieler Kinderbücher, darunter *Ein Tag im Leben der Dorothea Wutz*. *Das Große Märchenbuch* ist beinahe schon ein Klassiker und hat sich über 150 000 Mal verkauft. Für den Diogenes Verlag illustrierte sie auch viele literarische Werke, unter anderem von Mark Twain, Anton Čechov, Urs Widmer und John Irving *(Ein Geräusch, wie wenn einer versucht, kein Geräusch zu machen)*.

Kinderbücher
von Lukas Hartmann
im Diogenes Verlag

»Lukas Hartmann ergreift, wie das seit Kästners *Doppeltem Lottchen* gute Tradition im Kinderbuch ist, die Partei der Kinder und erzählt aus ihrer Perspektive. Jungen wie Mädchen finden hier Vorbilder, in die sie ihr eigenes Fühlen, Denken und Wünschen projizieren können.«
Gundel Mattenklott/Frankfurter Allgemeine Zeitung

»Lukas Hartmann gehört zum kleinen Kreis der literarisch anerkannten Schweizer Autorinnen und Autoren von Kinder- und Jugendliteratur.«
Gerda Wurzbacher/Neue Zürcher Zeitung

»Kein Zweifel, Lukas Hartmann kennt die Bedürfnisse seiner jungen Leser und ihrer Eltern. Er weiß, was sie thematisch interessiert und was man ihnen erzählerisch zumuten kann.« *Der Bund, Bern*

»Lukas Hartmann versetzt sich hervorragend in Kinderwelten.«
Friedericke Herrmann/Hits für Kids, Gustavsburg

Anna annA
Roman für Kinder

So eine lange Nase
Roman für Kinder

All die verschwundenen Dinge
Eine Geschichte von Lukas Hartmann
Mit Bildern von Tatjana Hauptmann

Tatjana Hauptmann
im Diogenes Verlag

»Die mit internationalen Auszeichnungen überhäufte Künstlerin beweist, dass sie zur Spitze der Bilderbuchmacher gehört.« *Die Zeit, Hamburg*

Ein Tag im Leben der Dorothea Wutz
Ein schönes, wohlerzogenes Schweinebuch ganz ohne Text, jedoch mit fabelhaften Durchblicken. Deutscher Jugendbuchpreis 1979

Hurra, Eberhard Wutz ist wieder da!
Das zweite Schweinebuch, das alles übertrifft, was ihr euch von den Wutzens vorstellen könnt

Adelheid geht in die Oper
(vormals: *Adelheid Schleim*)

Illustriert von Tatjana Hauptmann:
Wie der Maulwurf beinahe in der Lotterie gewann
Eine Geschichte von Kurt Bracharz

Die Zugmaus
Eine Geschichte von Uwe Timm

Ein Geräusch, wie wenn einer versucht, kein Geräusch zu machen
Eine Geschichte von John Irving. Aus dem Amerikanischen von Irene Rumler

Kaschtanka
und andere Kindergeschichten von Anton Čechov. Ausgewählt und übersetzt von Peter Urban

Die Abenteuer von Tom Sawyer und Huckleberry Finn
Von Mark Twain. Aus dem Amerikanischen von Lore Krüger
[Zwei Bände in farbigem Schuber, auch einzeln lieferbar]

Weihnachtslied
Eine Gespenstergeschichte von Charles Dickens. Aus dem Englischen von Richard Zoozmann. Mit einem Essay von John Irving

Das große Märchenbuch
Die hundert schönsten Märchen aus ganz Europa. Gesammelt von Christian Strich

Das große Ringelnatz-Buch
Die schönsten Gedichte und Geschichten

Rheinsberg
Ein Bilderbuch für Verliebte von Kurt Tucholsky
Auch als Diogenes Hörbuch erschienen, gelesen von Helene Grass

Die schönsten Geschichten aus Tausendundeiner Nacht
Erzählt von Urs Widmer

Das große Balladenbuch
Die schönsten Balladen
Gesammelt von Christian Swich